红楼梦 诗词

美芹 / 著

中国华侨出版社
北京

图书在版编目(CIP)数据

红楼梦诗词/美芹著.-- 北京：中国华侨出版社，2019.8

ISBN 978-7-5113-7933-7

Ⅰ.①红… Ⅱ.①美… Ⅲ.①《红楼梦》—古典诗歌—诗歌欣赏 Ⅳ.① I207.411

中国版本图书馆 CIP 数据核字（2019）第 148973 号

红楼梦诗词

著　　者：	美　芹
责任编辑：	刘雪涛
封面设计：	韩立强
文字编辑：	李翠香
美术编辑：	李丹丹
经　　销：	新华书店
开　　本：	880mm×1230mm　1/32　印张：8　字数：270 千字
印　　刷：	北京德富泰印务有限公司
版　　次：	2020 年 6 月第 1 版　2020 年 6 月第 1 次印刷
书　　号：	ISBN 978-7-5113-7933-7
定　　价：	36.00 元

中国华侨出版社　北京市朝阳区西坝河东里 77 号楼底商 5 号　邮编：100028
法律顾问：陈鹰律师事务所
发 行 部：（010）58815874　　　传　　真：（010）58815857
网　　址：www.oveaschin.com　　E-mail：oveaschin@sina.com

如果发现印装质量问题，影响阅读，请与印刷厂联系调换。

前言

　　《红楼梦》是继承和发展中国文化传统的经典之作，代表了中国古典长篇小说艺术成就的最高峰，以其高度的思想性和高度的艺术性，居中国古典四大名著之首。自问世以来，《红楼梦》就不断地被人们研究和探讨，衍生出了众多不同的观点，以至于在学术界产生了一门独立的研究——"红学"。才女张爱玲甚至把《红楼梦》未完"作为自己人生的一大恨事。

　　在艺术描写上，《红楼梦》涵盖了诗词、散文、戏曲、音乐、绘画、雕刻、建筑等多种形式，几乎包含了中国古典诗词曲赋的所有文体，显示了它的多样性、丰富性和独创性，富有极强的艺术生命力。尤其是贯穿全书，根据不同的人物形象而写出的不同风格的诗、词、曲、赋、酒令、对句等，更是精致典雅，细腻考究。而"判词"和"红楼梦十二支曲"甚至是情节的枢纽和主线，处处暗示着故事的发展方向和人物的命运结局。它们中大多数都与小说的故事情节和人物描写融为一体，想要读懂《红楼梦》，就要对其细细品味鉴赏。

本书选取了《红楼梦》中具有代表性的、能够充分体现人物性格特点或者是情节的，内涵丰富、寓意深刻的诗、词、曲、赋、歌谣、谜语、酒令、联额、对句等，用十二支曲中的"终不忘""恨相遇""惜落花""叹无常""聪明累""好事终""终身误""观世事""感聚散"作为章节名，对每篇文字都做了细致的解读，包括精确严谨的文字诠释、真实可信的背景介绍，同时又进行了精彩纷呈、引人入胜的艺术分析，帮助读者更好地体会小说中诗词之美和诗词之趣，同时也能更准确、深入地理解人物的性格特征和故事情节。

　　一曲红楼，万声叹息。希望更多的人能读懂它。

目录 CONTENTS

第一章 终不忘·木石前盟

怜香惜玉第一人·贾宝玉 / 2

心较比干多一窍·林黛玉 / 9

不是冤家不聚头·宝黛恋 / 16

但凭冷月葬诗魂·黛玉诗 / 23

第二章 恨相遇·瑜亮情结

任是无情也动人·薛宝钗 / 32

一抔净土掩风流·钗与黛 / 40

空对高士晶莹雪·金玉缘 / 46

一场幽梦同谁近·宝黛钗 / 53

第三章 惜落花·红尘之伤

- 清冷香中抱膝吟·史湘云／60
- 牛女二星河左右·湘玉情／67
- 天生孤僻世难容·妙玉／74
- 王孙公子叹无缘·宝妙缘／81

第四章 叹无常·春光难长

- 芳魂消耗万事抛·贾元春／90
- 侯门艳质同蒲柳·贾迎春／97
- 缁衣顿改昔年妆·贾惜春／104
- 可怜风月债难偿·秦可卿／111

第五章 聪明累·福薄要强

- 机关算尽太聪明·王熙凤／126
- 夫妻本是同林鸟·琏凤姻／133
- 生于末世运偏消·贾探春／140
- 桃李春风结子完·李纨／152

第六章 好事终·平淡是真

- 桃红又是一年春·花袭人／160
- 才调无双人第一·薛宝琴／168
- 看来岂是寻常色·邢岫烟／175

第七章 终身误·情深不寿

多情公子空牵念·晴雯 /182

缘何不使永团圆·甄英莲 /190

有情原比无情苦·三烈女 /197

十二花容色最新·十二官 /204

第八章 观世事·百态人生

将谓偷闲学少年·贾母 /212

人间难得恩如许·刘姥姥 /218

倏忽黄粱梦一场·贾雨村 /224

尾声 感聚散·梦醒时分

依稀烟尘绝旧事·败苦园 /232

不如归去青埂峰·大梦醒 /239

第一章 终不忘·木石前盟

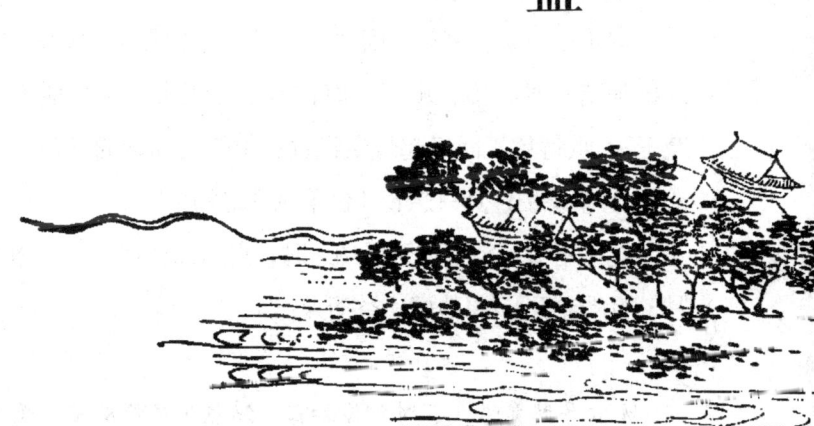

怜香惜玉第一人·贾宝玉

贾宝玉的形象，历经数百年冲激淘洗，已成怜香惜玉、直感多情的温暖象征。然而，可曾看到过有哪一部著作，是用"孽根祸胎"这样的贬笔，来引见这位尚未登场的第一男主人公呢？不曾。如此异独，唯有曹雪芹。

写宝玉，从全书第二回"冷子兴演说荣国府"，便有"怪物"恶词加诸其身。接着黛玉入府，他生母王夫人也道他为"混世魔王"，哄得黛玉回忆起母亲说过这位衔玉而诞的哥哥"顽劣异常"，心下害怕，竟只想着"倒不见那蠢物也罢了"。

这还不够，宝玉真正登场之时，曹雪芹还特填了两阕《西江月·嘲贾宝玉》，将他好一番嘲弄：

无故寻愁觅恨，有时似傻如狂。纵然生得好皮囊，腹中原来草莽。

潦倒不通世务，愚顽怕读文章。行为偏僻性乖张，那管世人诽谤！

富贵不知乐业，贫穷难耐凄凉。可怜辜负好韶光，于国于家无望。

天下无能第一，古今不肖无双。寄言纨袴与膏粱：莫效此儿形状！

好一个"天下无能第一，古今不肖无双"，如此看来，倒果然是几无可取之处的一个废物了。

却不知，曹雪芹高妙，偏于这"众人皆欲杀"的十足气氛中，忽而出一笔"吾意独怜才"的映衬之法，原来这位年轻的公子：

"头上戴着束发嵌宝紫金冠，齐眉勒着二龙抢珠金抹额。……"

《红楼梦》一书，只传女儿，男人的服饰，一字不屑，然而对于宝玉的穿戴，却多次提及，精工细笔，不厌其烦。想来，原是宝玉虽男，却性与女亲，才得特写优待的缘故。除却讲究的服饰，宝玉的人品风流更为夺目：

"……面如敷粉，唇若施脂；转盼多情，语言常笑。天然一段风骚，全在眉梢；平生万种情思，悉堆眼角。"

行文至此，读者早被倾倒，先前的种种贬抑基调、世俗流言，早已烟消云散。欲扬先抑，做足功夫，忽然打破，方能惊为天人。曹公运思，果然妙极。

怎不耗尽心血才情呢？宝玉身上，寄托了曹公太多的理想。

"吾所爱汝者，乃天下古今第一淫人也。"此语出自《红楼梦》第五回，是警幻仙子对梦游太虚幻境的贾宝玉所言。她还说："淫虽一理，意则有别。如世之好淫者，不过悦容貌，喜歌舞，调笑无厌……如尔则天分中生成一段痴情，吾辈推之为

'意淫'……"

　　此中"意淫",乃是说贾宝玉以一腔痴情对待女子,其用情之恳切真诚,全不同于"皮肤淫滥"的世俗蠢物之流。甚至不妨说,在女子被视为玩物的漫长封建社会里,贾宝玉对女子之爱,是前无古人、后无来者的。是他,树起了那个时代怜香惜玉的最高标杆。

　　古来中国之于女性,"惟女子与小人难养也""兄弟如手足,妻子如衣服"的鄙弃声便不绝于耳;三从四德、夫唱妇随的教训中,女子只得被枷禁为男人的附属品。是以缠细腰、裹小脚,悲惨万状,戕害自身,却都只为取悦男人。

　　久之,不单男人们满意于苛待,便连深受其害的女子本身,也都习惯成自然了。

　　习非成是的风气之下,鲜有尊重女性的男儿,玩弄女性倒成为他们惯做的游戏。且不说"痴情女子负心汉"的故事轮番上演,便是好容易有了善待女性的故事,这其中又不乏虚情假意、惺惺作态之人。

　　说什么"曾经沧海难为水,除却巫山不是云",却仍是将红颜一一辜负;说什么"两情若是久长时,又岂在朝朝暮暮",梦幻唯美的辞赋墨迹,却赫然是一篇处处留情的逐花浪史。

　　就算最为女子见重,"自是白衣卿相"的柳三变,虽是终日流连于歌姬舞女之中,貌似彼此惺惺相惜,一句"执手相看泪眼,竟无语凝噎"倾倒痴情女儿无数,但这难道是他的真情?设若此前他没有落榜,反而得到了高官厚禄,他是否还会留于红袖脂粉堆里?只怕那时,他只悔恨自己原来举止荒唐、身份有失吧。

奉旨填词、放浪形骸，实是他不得已的选择。

唯有个大观园里的贾宝玉，毫无功利，却是真心待每位女子的，那样全心全意，实是令人惊叹。然而男权背景之下，这样的坚持是与世人背道而驰的，自然会饱受诟病。这也便是曹公先要寻尽世间所有难听的话来介绍他，寓褒于贬的渊源。

女子悲剧，早已上演千年，能感受而指之为悲剧者，只有一个宝玉，这便是鲁迅先生所谓"悲凉之雾，遍被华林，然呼吸而领会之者，独宝玉而已"之意。宝玉为女子鲜妍的生命枯萎凋零而伤心，他抗拒和超越了所属的时代。

以曹公的构思缜密，宝玉这个寄托着他最美好期冀的人物身上，是不可能沾染世俗陋习的，但若令他生于浊世，如何超脱其中便是第一桩难事。于是，曹公为他设定了不同凡响的来历，开篇托出，整个故事也由此敷演开去：

原来女娲氏炼石补天之时，于大荒山无稽崖炼成高经十二丈、方经二十四丈顽石三万六千五百零一块。娲皇氏只用了三万六千五百块，只单单剩了一块未用，便弃在此山青埂峰下。谁知此石自经锻炼之后，灵性已通，因见众石俱得补天，独自己无材不堪入选，遂自怨自叹，日夜悲号惭愧。

后来的故事我们清楚：这块无材补天的灵石下凡人间，成为宝玉降生时含在嘴里的五彩剔透的"通灵宝玉"。书中还写有《叹通灵宝玉二首》诗，交代了这人间天上、前世今生的因缘。

天不拘兮地不羁,心头无喜亦无悲。
却因锻炼通灵后,便向人间觅是非。

粉渍脂痕污宝光,绮栊昼夜困鸳鸯。
沉酣一梦终须醒,冤孽偿清好散场!

　　灵石本来无喜无悲、一切皆空,只因无意间偷听了茫茫大士和渺渺真人在自己身边的高谈阔论,"先是说些云山雾海神仙玄幻之事,后便说到红尘中荣华富贵",它便凡心偶炽,再三恳求他们带自己游历红尘。僧人无奈,施法将其带到"昌明隆盛之邦"——京都,"诗礼簪缨之族"——荣国府,"花柳繁华地"——大观园,"温柔富贵乡"——怡红院里来了。

　　因着这样不凡的来历,便不难理解贾宝玉何以不同于凡尘男子那般追名逐利,反倾心于环肥燕瘦的温柔美丽了。早在他"抓周"的时候,他这"痴"的本性便显露无遗——单单抓取脂粉钗环,被父亲贾政视为生就的"淫魔色鬼"屡遭训斥。

　　世俗无法认同贾宝玉这样的"混世魔王""祸根孽障",宝玉的境地实在艰难。幸有贾母心疼孙子,才处处抛开原则地护着惯着,在祖母的庇护下,宝玉很是享受了一段直感随性的快乐日子。

　　对宝玉来说,除却生命一样重要的灵魂伴侣黛玉,最重要、最能令他开心的,便是从小到大陪伴身边的娇小姐、俏丫鬟们了。

　　宝玉曾不止一次说过:"女儿是水作的骨肉,男人是泥作的骨肉。"他说:"见了女儿,我便清爽,见了男子,便觉浊臭逼人。"发这般惊世骇俗之论，不免被庸人指为"中看不中吃"的"呆气"，但对于园子里被礼教压制的女子来说，他的尊重和关爱，却如同照亮暗夜的第一道美丽曙光，带给人温暖和希望。

书中第九回"恋风流情友入家塾，起嫌疑顽童闹学堂"中，作者谈起宝玉的温柔性子时曾这样写道："宝玉又是天生成惯能作小服低，赔身下气，情性体贴，话语缠绵。"作为爱人，宝玉全心全意，恨不得掏出自己的心捧给对方。虽然林黛玉爱使小性子，常把莫名火气一股脑儿全撒宝玉身上，宝玉却能够体谅她寄人篱下缺乏安全感的可怜凄苦，便一味默默承受了，还时时劝解黛玉不要胡乱猜想，要好好调养身子，做些能够高兴的事情。

如果仅对爱人体贴，也许还谈不上是"怜香第一人"，最可贵也最惹争议的，是他对几乎所有出现在身边的女性统统爱护有加。如宝钗、湘云之类自不必说，便是对待丫头们，也同样是不分贵贱、一视同仁的。

少时初阅《红楼梦》，读到那第三十一回"撕扇子作千金一笑"，委实吃惊不小：若换作在怡红院外的任何地方，一个受了委屈的丫鬟，除了隐忍暗泣，还能有什么法子呢？然而在宝玉面前，赌气的晴雯不仅对他抱怨嘲讽，甚至把宝玉的扇子唰唰撕了解气，实在夸张，宝玉竟还在一旁怂恿助威。由此可知，近身伺候的袭人、晴雯等人，仗着得他周全庇护，被惯得平日里顶嘴使气已属常见，后来晴雯被逐出大观园，宝玉偷偷去看望，她很自然地指使宝玉给她倒茶，也便不足为怪了。

整部《红楼梦》，满是宝玉善待姑娘们的记录。最有意思的是，第三十五回"白玉钏亲尝莲叶羹"中，因宝玉挨了打，傅家打发来探望的两个婆子看见宝玉自己烫了手，反忙问玉钏儿疼不疼，见四下没人，便取笑他"大雨淋的水鸡儿似的，他反告诉别人'下雨了，快避雨去罢'"的呆样，又有在蔷薇架下看龄官画蔷入了迷，雨落下来，全然不知自己身上已湿透了，只管问龄官淋雨了没。这样的"呆子"表现，倘若不是爱怜弱势单薄的女儿到了忘我境地，何至于痴傻至此？

想来，遇见宝玉这样体贴入微的男子，大观园里的清净女儿们，也算是幸运的吧。纵使宝玉没有能力保护她们不受伤害，但只要还在他身边一天，便能享受到那时女子想都不敢想的温存与照顾，虽然，走得最快的总是最美的时光。

如果故事注定有个悲伤的结局，那么，宝玉的怜惜可能就是这些女儿心中绽放的烟花，用那美丽但无法长久的绚烂，装点彼此惨淡的人生。

心较比干多一窍·林黛玉

 自《红楼梦》成书以来,"林妹妹"那形销骨立的凄绝之美便深入人心,但凡略懂风情的人,想起她,总不免要慨叹唏嘘一番。

 一千个人眼中有一千个林黛玉。于我,每当思及,脑中就泛出一泊冷湖,这湖仿佛独立于凡界之外,微微泛着些波光粼动,偶尔风过,舞起水上薄雾,袅袅如纱,像是有什么正待诉说,然而终究归于寂静无声。

 整日里将珠泪抛洒,始终不曾见容于世,徘徊中,凄凄然魂断潇湘。这,便是林黛玉的一生。

 从来造化不由人。她不知道,自西边角门被抬进荣国府的那一刻起,命运的掌纹加速蜿蜒,她的一生便要在这里铺展开去;缘起缘灭,爱恨悲欢,她不知道,恩情山海债,唯有泪堪还。与宝玉的一段生死纠缠,三生石上,早已注定。

 那夜掷花名签,黛玉那一支上描着芙蓉,上题"风露清愁",一如她的性情。"莫怨东风当自嗟"的前头,隐去的是宋代文人欧阳修的叹息："红颜胜人多薄命。"黛玉之薄命，正与她"红颜胜人"相照应，凡见她之人，无不称其风流袅娜、举世无双，究竟是怎样的美，代代有代代的附会。只从贾宝玉的眼里看去：

> 两弯似蹙非蹙罥烟眉，一双似泣非泣含露目。态生两靥之愁，娇袭一身之病。泪光点点，娇喘微微。闲静时如姣花照水，行动处似弱柳扶风。心较比干多一窍，病如西子胜三分。

品读之，黛玉眉宇间的秀气和行止间的优雅自不待言。但若只论美貌，世上佳人何其多哉，她的奇绝，更在于"心较比干多一窍，病如西子胜三分"的敏感纤弱、细腻多思，在于那"泪光点点"的悲情之美，是以得宝玉赠字曰"颦"。

眉尖若蹙，颦而难舒，正是黛玉愁郁敏警的画像。

幼年丧母，少年殁父，已是大不幸；原为父母掌上明珠，转眼便成他人篱下寄孤，这客居的外祖母家偏还是个皇亲国戚的大家庭。莫说多疑善感的黛玉，便是任何一个小小女子，初来到这"到底是客边"的所在，也必然"步步留心，时时在意，不肯轻易多说一句话，多行一步路，唯恐被人耻笑了他去"的。

自卑的种子，就此埋下了根，偏还才高自许，孤高更致疏离。在外人看来，黛玉的性子，总是不易亲近的了。她敏感至极，生怕被人看低，那一声声冷笑暗讽，那"我就知道，别人不挑剩下的也不给我"的挖苦，还有那"我原是给你们取笑的，拿我比戏子"的泣诉，都使她看起来如玻璃娃娃一般易碎而不可碰触。

于是，纵然是"亭亭玉树临风立，冉冉香莲带露开"，却毕竟冷漠如冰。缺乏耐心的人，表面上虽仍敷衍着，心里却不免与她生出了距离，私底下早给她贴上了"尖酸刻薄""任性刁钻"的标签。好在她倒也乐得远离众人，只独守着一围修竹，教鹦鹉背诗，或焚香等候燕子归来，把自己的生活过得诗意盎然。

一个人尝浮世轻愁，一个人看细水长流。

品味孤独，倒是一种超然的情怀。"北方有佳人，遗世而独立"是美人对尘嚣的绝弃；"孤舟蓑笠翁，独钓寒江雪"是天地一人的江湖境界；"蓦然回首，那人却在灯火阑珊处"是再热闹也掩不住、属于自己的那一份哀愁。黛玉所拥有的，也正是这样一份目下无尘、高处不胜寒的孤独。

她领受这孤独，沉醉于它浓酽婉转的美，纵然是不得已而为之，纵然饱含苦涩凄凉，她仍兀自沉浸其中，不管不顾。

这日，她又是孤身一人。因为前一晚被晴雯拒于怡红院外，她误会宝玉故意与自己疏远。芒种佳节，本该和姊妹们共祭花神，黛玉却"独抱幽芳出闺阁"，兀自立在远离众人的角落——先前与宝玉共同埋葬桃花的花冢前。但见得落英乱阵，便有了一幅这样的葬花图：

> 花谢花飞花满天，红消香断有谁怜？
> 游丝软系飘春榭，落絮轻沾扑绣帘。
> 闺中女儿惜春暮，愁绪满怀无释处，
> 手把花锄出绣阁，忍踏落花来复去。

值此"柳丝榆荚自芳菲,不管桃飘与李飞"的浓烈凄美,又兼心中郁结难舒,多情如她,怎不泪如雨下?是以"呜咽一声犹未了,落花满地鸟惊飞"。

想这些花儿"明媚鲜妍能几时,一朝飘泊难寻觅",不正如同自己薄命?临风洒泪,倚锄伤情,半为这飘逝的飞花,半为自己无根的命运。

既然"未若锦囊收艳骨,一抔净土掩风流"是自己与飞花共有的结局,只不知"侬今葬花人笑痴,他年葬侬知是谁"?会是与她知心的宝玉吗?昨夜探访,他迎了宝钗进门,自己却不得而入,害得自己"倚着床栏杆,两手抱着膝,眼睛含着泪,好似木雕泥塑的一般,直坐到二更多天方才睡了"。

原来宝玉也是指望不了的。念及此,一句"一朝春尽红颜老,花落人亡两不知"的悲叹,惊得暗处里躲着听的宝玉怀里的花瓣撒了一地……

黛玉每落泪,并不需要太多理由,甚至根本不需要理由,她的胸中,随时涌荡缠绵着一种难与人说的抑郁,落红能让她落泪,鸟鸣也令她心惊。闲愁万种的秋夜,"秋花惨淡秋草黄,耿耿秋灯秋夜长",听到"则为你如花美眷,似水流年"的唱词便要心动神摇、站立不住之人,此时自然更是难以自持。这便是第四十五回"金兰契互剖金兰语,风雨夕闷制风雨词"。

这晚,黛玉歪在床上,回想起白日里宝钗来探、惠赠燕窝,彼此说了许多推心置腹的话。原来,身旁姐妹中,最令黛玉担心忌惮,至于素常以"心里藏奸"去揣度的这位宝姐姐,却实在算得是她的一位知音。

世事往往如此，以为最是道不同不相为谋之人，往往是最了解你的人。

窗外正是夜阴沉黑，雨滴竹梢，黛玉不禁心中有感，吟成一首《代别离·秋窗风雨夕》，拟《春江花月夜》之格，恨那"已觉秋窗秋不尽，那堪风雨助凄凉"。值得"抱得秋情不忍眠，自向秋屏移泪烛"，竟又迎来了个"寒烟小院转萧条，疏竹虚窗时滴沥。不知风雨几时休，已教泪洒窗纱湿"的无眠之夜。

此回之后，钗黛前嫌尽释、互怜相惜。《琴曲四章》里，黛玉对宝钗"子之遭兮不自由，予之遇兮多烦忧。之子与我兮心焉相投，思古人兮俾无尤"的唱和，在看似清淡的铺陈中，已将宝钗与自己的境地连到了一起。同是红尘沦落人，黛玉叹息宝钗"不自由"，又深悲自己"多烦忧"，其实不论孤傲如黛，抑或克己如钗，兜兜转转，终是怎么也走不到幸福的明天。

难道要求她如宝钗般周全起来？那便就没有黛玉了。使她处处隔绝于人的，是生就的天性。没有人能强迫她赢取所有人的欢心——宁愿寂寞，宁愿不容于世，只为自己的心，只为自己而活，这便是与世间大多数人都不同的林黛玉。

如此，便再无指摘黛玉矜持自许的理由。她的孤单、她的伤，说是孤芳自赏也好，顾影自怜也罢，让这一朵注定不能盛放的花，只随着自己的心性舒展吧。不知是否可怜她镜影清减，遂有满树灼灼的桃花纷扬了下来：

> 东风有意揭帘栊，花欲窥人帘不卷。
> 桃花帘外开仍旧，帘中人比桃花瘦。

第一章 终不忘·木石前盟

> 花解怜人花也愁，隔帘消息风吹透。
>
> 风透湘帘花满庭，庭前春色倍伤情。

这是黛玉《桃花行》中的诗句。因着这首诗，本已萧疏的海棠诗社重又聚拢起来，便是第七十回"林黛玉重建桃花社"。宝玉读过，"便知出于黛玉，因此滚下泪来"，说："林妹妹曾经离丧，作此哀音。"

薄命的黛玉，恰似这灼灼桃花，不知不觉间，已如夕阳晚景。桃花谢枝那一瞬，她仿佛阅尽自己一生：

> 胭脂鲜艳何相类，花之颜色人之泪；
> 若将人泪比桃花，泪自长流花自媚。
> 泪眼观花泪易干，泪干春尽花憔悴。
> 憔悴花遮憔悴人，花飞人倦易黄昏。
> 一声杜宇春归尽，寂寞帘栊空月痕！

悲身世如风吹落花，题素怨问谁解秋心？工愁工病的林黛玉，流泪不尽的林黛玉，清早起来，揽镜自照，正是"瘦影自临春水照，卿须怜我我怜卿"，又是"心病终须心药治，解铃还是系铃人"，可谁才是她的卿？谁是她的解铃人？

是宝玉，那个读《桃花行》而落泪的人。她的幸与不幸，全在乎这个懂她最深也爱她最深的贾宝玉，他是她的命中情缘，也是她的前定劫数。

他曾咬牙做出"你放心"的承诺，也曾雨夜探病而来，还曾逼问黛玉道："难道你只知道你的心,就不知道我的心不成？"话中并存的温暖与痛苦,令人闻之动容。他对她,是最高的尊重,最纯的挚爱,刻骨铭心的生死不离。

她爱宝玉,却爱得孤独绝望。心内自是涌动着万千情愫,奈何无人做主,所有的委屈,所有的担忧,仿佛深藏了一个汹涌的海洋,流出来,却只有两行泪珠。

她所求的,不过是清静而纯粹的两个人,知心依偎。

然而最难实现的,往往也正是最平淡的幸福。

背负着沉重的心事,对爱情,黛玉始终不曾安心,她急切地一次次称量自己在宝玉心里的分量,以确认自己存在的意义。敏感和猜疑的脾性儿,又使她总处在和宝玉激烈的冲突中,在伤害对方也伤害自己的同时,才能将心稍稍放稳。

分明依依你侬我侬,偏又极少以温暾和平的言辞表达,宝黛的爱情,也因此成了历来读红楼者最怕、最感揪心的部分。

不是冤家不聚头·宝黛恋

　　一个是阆苑仙葩,一个是美玉无瑕。若说没奇缘,今生偏又遇着他;若说有奇缘,如何心事终虚化?一个枉自嗟呀,一个空劳牵挂。一个是水中月,一个是镜中花。想眼中能有多少泪珠儿,怎经得秋流到冬尽,春流到夏!

——《枉凝眉》

　　"我为的是我的心。"这是她常挂嘴边的话,不仅说着,也就这样去做。一往而深的孽债痴情,悲欢,生死,反复折磨,全为的是这一颗心。

　　这一颗心,注定是要和贾宝玉纠缠在一起的。想来,或许在黛玉的臂弯,有着一粒朱砂痣,那是她还是灵河之畔的一棵绛珠仙草时,神瑛侍者刻下的记痕。

　　瑛,美玉也。神瑛侍者,正是贾宝玉的前身。黛玉记得他,当曾受侍者灌溉之恩的仙草修成女儿身,过着"终日游于离恨天外,饥则食蜜青果为膳,渴则饮灌愁海水为汤"的逍遥生活时,她五内郁结的那股缠绵却从不曾有一刻消散。

绛为血,珠为泪,这三生石畔旧精魂,便自顾随神瑛下凡,欲以一生眼泪,专为报他灌溉之恩。如此,便无怪乎"若说没奇缘,今生偏又遇着他"的自问,和初相遇之时,心中"倒像在那里见过一般,何等眼熟到如此"的思量了。

"这个妹妹我曾见过的。"宝玉这话,迅疾如电光石火般穿越前世,破空而来,那尘世浮沉、今生遭际,从此得以大幕开启。二人青梅竹马,"日则同行同坐,夜则同息同止,真是言和意顺,略无参商"。

若能持续,这般静好无澜,就是一种幸福,但敌不过的,总是世事变迁。黛玉的万千心事,无奈何全都付诸流水,再看时,无非都化作水中月、镜中花,在眼前影影绰绰,仿佛分明,却偏偏抓不牢半分。

怨宝玉么?你总责他"见了'姐姐',就把'妹妹'忘了",然而他对你的情,真不曾掺有半分虚假。

"凭我心爱的,姑娘要,就拿去;我爱吃的,听见姑娘也爱吃,连忙干干净净收着等姑娘吃。一桌子吃饭,一床上睡觉。丫头们想不到的,我怕姑娘生气,我替丫头们都想到了。"贾宝玉的表白幼稚傻气,却字字肺腑。再细看他的其他表白,要么"除了别人说什么金什么玉,我心里要有这个想头,天诛地灭",要么"你死了,我做和尚",蠢笨粗直,与他贯的机灵全不相符。

真爱一个人,在她面前是会手足无措,丢了自己的,因为心有顾忌。这顾忌又全是为了对方的处境考虑,表现出来,便是宝玉这般的痴痴傻傻。

一旦独处，或在应酬间隙想起她来，一腔真情便再也抑制不住了。譬如与薛蟠、冯紫英小聚饮酒之时，挂念随着优美的唱曲娓娓道出：

我愿你：

女儿喜，对镜晨妆颜色美。

又担心你：

女儿乐，秋千架上春衫薄。

你终日里"雨打梨花深闭门"，想起我们这几日的口角误会，不禁忧从中来：

滴不尽相思血泪抛红豆，开不完春柳春花满画楼，睡不稳纱窗风雨黄昏后，忘不了新愁与旧愁，咽不下玉粒金莼噎满喉，照不见菱花镜里形容瘦。

字里行间，全是黛玉的身影，牵挂她此刻的心情是不是好了一点，是否还在生自己的气，是否又在呜咽饮泣、茶饭不思，熬坏了身子，又不知如何是好了。

他曾向她直言劝慰："你皆因总是不放心的原故，才弄了一身病。但凡宽慰些，这病也不得一日重似一日。"这样的知心关怀，黛玉听了，心事瞬间被击中，千言万语就在嘴边，却半天不能吐半个字,忽而将疑虑都化为感动和幸福。再回想起适才听到湘云劝他留心仕途,他对湘云说的"林妹妹不说这样混帐话,若说这话,我也和他生分了"。不单黛玉,读者看到,也感宽慰。

世间所难得的,不过是男子得到了一个懂得自己的女子,女子得到了一个爱自己的男子。

宝玉和黛玉,便是这样既互为知音,又深深相爱。

有一次,宝玉受了袭人揶揄,心里烦闷,剪灯烹茶,续了段《庄子·胠箧》文。次日早晨被林黛玉看到,黛玉提笔即兴嘲道:"无端弄笔是何人?作践南华庄子因。不悔自己无见识,却将丑语怪他人!"亲昵戏谑活泼可爱,若非知音,再无恋人间的亲密,怎做如是交流?这实在是他们恋爱悲剧中难得的甜蜜插曲。

只是,幸福自然是因为爱,痛苦往往也是因为爱。

与宝玉相爱,是黛玉性命所托。她不仅将他引为知心爱人,更把他当成了比自己更重要的全部,宝玉对黛玉,又何尝不是如此。然而不祥也由此而生——爱情中,越是全心全意,就越易受伤害,不是受伤于爱人,就是受伤于现实。

宝黛的爱情悲剧,则是兼而有之。

在宝玉这里,是"早存了一段心事,只不好说出来,故每每或喜或怒,变尽法子暗中试探"。林黛玉这厢"偏生也是个有些痴病的,也每用假情试探""其间坎坎碎碎,难保不有口角之争"。

如果说不痛苦的爱情是不深刻的,宝黛的爱可谓深刻至极。然而深刻并不是他们想要的,最最向往的那简单的幸福,于他们,是无缘的。

每一次争吵都那样令人揪心，吵到一个病、一个疯、一个迎风洒泪、一个对月长吁。"不是冤家不聚头"，吵，是因为有爱，怎从不见宝玉与宝钗大吵大闹？压抑之下，刻骨相思却要以激烈的冲突来表达。每次吵完，虽则他们的关系又进了一步，但激烈的对峙毕竟是把双刃刀，黛玉和宝玉伤痕累累，谁也不能逃脱。

许是姻缘天定莫强求，谁又能说得清楚？更何况，本就为了结"一干风月孽债"，还前世那施露滴水之恩。世俗打压，情深缘浅，宝黛，最终没能走到一起。也许，他们本就只能永远活在灵魂之恋中，新娘头上那艳红的"劳什子"喜帕，于他们却并不适合，只有宝钗能顶着它，李代桃僵嫁给宝玉的躯壳。

想起那年续宝玉"你证我证，心证意证"的《参禅偈》，黛玉"无立足境，是方干净"的收尾，原是一语成谶。

深爱对方却无法相守而劳燕分飞的故事从来不乏，倘若遇到，最多彼此道声珍重，毕竟相爱容易相处难，从此天各一方，心里保存着对方逐日发黄的模样，此生再不相逢，倒也胜却人间无数了。设若林黛玉也能如此，世间就能多一段相忘于江湖的传说，但红楼一梦，势必因此就失了七分颜色。

不能与爱人厮守，她是宁肯死去的。

也许，相比起世俗婚姻经营的艰难，死或许是黛玉更好的选择，虽然她仿佛从来就没有权利去选择。属于清风的，就让清风带走，如此，才不负她独步古今的"潇湘妃子"。

弥留之际，仍牵念的，是一方承载着两人记忆的诗帕，是以她拼命要紫鹃寻将出来，看那帕上泪迹墨痕洇染一处，往事千端，一一心头过：

眼空蓄泪泪空垂，暗洒闲抛却为谁？
尺幅鲛绡劳解赠，叫人焉得不伤悲！

抛珠滚玉只偷潸，镇日无心镇日闲；
枕上袖边难拂拭，任他点点与斑斑。

彩线难收面上珠，湘江旧迹已模糊；
窗前亦有千竿竹，不识香痕渍也无？

这旧帕还是那年宝玉挨打后，支开袭人，专派晴雯送过来的，如今晴雯已死，自己将死，默默看着自己当时题帕的三首绝句，真不敢想象彼时黛玉的心境。

这三首诗各有侧重。第一首咏宝玉赠帕。自问成日泪水涟涟的因由，被宝玉赠帕打通关节，才知全是为了你我知音相惜的缘故；第二首是黛玉为二人心愿难偿而愤懑痛苦的自画像；第三首，黛玉用了娥皇、女英哭舜，泪洒妃竹殉情而死的典故，升华了与宝玉之间的爱情，却也埋下了今生泪尽而亡的伏笔。

没有一首不是浸泡在苦泪里。心中寄托已无，生命便像断了线的风筝，无心飘摇，只管酝酿坠落的姿态。

焚诗稿，断痴情。求速死，抗浊世。

"芳魂一缕随风散，愁绪三更入梦遥"，那边正吹打着迎亲，这边竹梢风动、月影移墙，两相对比，黛玉的辞世愈显凄凉。这凄凉仿佛又正宣告着某种不妥协，她用最后一刻，书写了与这人世无法调和的凄婉决绝。这"失意人逢失意事，新啼痕间旧啼痕"的还泪人生，总算是走到了尽头。

这是必然的结局，也是他们最好的结局。

这恶俗的世界，倒是不见为净。

去的时候，不光"身子是干净的"，就连心灵，她又何曾沾染过半点俗尘。

所以，竟还是舍了相守的好。那时代要求的是天造地设的般配婚姻，宝黛的爱，注定是无法盛装在那畸形的容器中的，否则便会窒息。

他们是绝不愿意受制于人的。宝玉是另一个常说"我为的是我的心"的人，为着真爱已死，人生无望，他再无心于红尘。

早年宝钗过生日，无意间向宝玉介绍的《寄生草》一曲已使宝玉佛心大动，"没缘法转眼分离乍。赤条条来去无牵挂"。"从前碌碌却因何，到如今回头试想真无趣"尚余音袅袅，驻足潇湘，那修竹千竿，似林涛跌宕催人离。

禅心已作沾泥絮，莫向春风舞鹧鸪。

他曾许诺黛玉："任凭弱水三千，我只取一瓢饮。"面对妹妹"水止珠沉，奈何"的痴问，宝玉当即给出了"我心志已决，像沾泥的柳絮一样坚定不移，绝不像随着春风轻狂起舞的鹧鸪般漂浮不定"的答案。

宝玉便是这样，斩断尘缘，黛玉离世后出家而去，兑现了对她的诺言。

但凭冷月葬诗魂·黛玉诗

这是个诗的国度。凡读书人,无不浸润于那或短或长、或古或律的诗性传统之中。除却自己偶然赋得,一帮风流雅士聚在一起,少不得便要起诗社、和酬唱。"一曲新词酒一杯",这原是文人素爱之事,曲水流觞,杯停诗出,何其浪漫雅致、情调盎然,直叫人叹息今日生活的无趣和粗糙。

但这毕竟都是些男人的游戏。所谓"女子无才便是德",正经人家的女儿,是不许认真习诗的。至多知晓一星半点,不至于未来夫君提起,答不上话,多数时候,也只是翻来覆去地吟诵被奉作经典的《女诫》《内训》。纵是好书,日日翻阅,也觉面目可憎了。

于是,古代才女的分布,便如同个沙漏形状了。要么出身书香名门,为将来相夫教子计,势必要求多读些书,卓文君、李清照便是代表;要么,沉沦在社会最底层,因着已堕落青楼,自然也就不再勉强什么德行。为取悦客人,填词作曲,倒成了她们训练的项目,才貌双全的秦淮八艳,算是这棵苦树上生出的奇葩。

如是观之，公府千金居住的大观园，不在才女频出的土壤之列。第三回里，林黛玉初到贾府，贾母便令："请姑娘们来。今日远客才来，可以不必上学去了。"黛玉问四春姐妹们都读什么书，贾母道："读的是什么书，不过是认得两个字，不是睁眼的瞎子罢了！"虽说大有谦逊调侃的意味，然而大家族中的长者，对金闺女儿们读书的不以为意，可见一斑。

彼时，读经涉史、吟诗作赋，对闺中女儿言，只能当作边角娱乐，为生活点缀增色，学得多、学得好了，不仅不会赢得才名，反而会招致责难。正如薛宝钗对黛玉的劝解："你我只该做些针黹纺织的事才是，偏又认得了字，既认得了字，不过拣那正经的看也罢了，最怕见了些杂书，移了性情，就不可救了。"

但偏生这林黛玉，处处不与人同的林黛玉，在这"非女儿本分"的才学上，颇有造诣。虽然口中谨慎地答着只刚读了"四书"，事实却远不止此。

黛玉何以不同于其他女儿得习诗书，从"冷子兴演说荣国府"一回中可知一二："虽系钟鼎之家，却亦是书香之族。只可惜这林家支庶不盛，……今只有嫡妻贾氏生得一女，乳名黛玉，年方五岁。夫妻无子，故爱若珍宝，且又见他聪明清秀，便也欲使他读书识得几个字，不过假充养子之意，聊解膝下荒凉之叹。"

黛玉原有个弟弟，可惜只活到三岁就夭折了。父母上了年纪，独她一个女儿，自然便将所有的爱和希望倾注在黛玉身上，是以为她聘请先生，当作女公子教养，难怪黛玉能够接触到"四书"这样男学生的教材。后来行酒令时，她脱口而出"落霞与孤鹜齐飞""风急天高猿啸哀"等千古名句，更是自然而然了。

家教良好，又天资甚高，所以林黛玉的诗奇思迭出，才华绝世。那落到纸上的深浅墨迹，常常不止是感情的独白、思想的承载，有时候，就是生命的寓托。

第四十八回里香菱学诗，林黛玉指导她时也说出了自己的诗观。

香菱："如今听你一说，原来这些格调规矩竟是末事，只要词句新奇为上。"黛玉道："正是这个道理。词句究竟还是末事，第一立意要紧。若意趣真了，连词句不用修饰，自是好的，这叫做'不以词害意'。"

好一句"不以词害意"。黛玉事事坚持真我，在作诗这件事上也不含糊。

中国古典诗歌之美，最是讲究意境的营造。故唐诗第一，其妙正在于境界，也便是林黛玉最为看重的"意趣"，所追求的，正是那"得鱼而忘筌，得意而忘言"，那只在心口兜转却难与人言的好处。

自唐以后，只从境界上论，大体全在走下坡路。宋不如唐，元不如宋，至于明清，更是旧调拨弹，几无可观。《红楼梦》中称得上极好的诗并不多，黛玉的作品，却有着几分难得的风流雅致。

诗如其人，慧根独具、生性叛逆的黛玉，秉着凡女子断难能有的眼力：

骅骝何劳缚紫绳？驰城逐堑势狰狞。
主人指示风雷动，鳌背三山独立名。

这是黛玉作的灯谜诗，谜底是走马灯。骕骦也叫"绿耳"，是千里马的名字。走马灯中的马自然无须缰绳驾驭，只需燃之以烛，便可团团驱驰。然而虽说气势汹汹，毕竟只能在人搭建的鳌背状灯山上施展而引人称赞，一旦主人控制，烛灭而行动顿止。这灯谜的答案虽不难猜，若再深一层思量，却让人不能不佩服黛玉的眼光。这外强中干的走马花灯，莫不是在影射贾家命运？荣、宁二府，马背上起家，以武功风云一时，可一朝触犯龙颜，顷刻间也便覆灭成空。

黛玉这首诗，虽不能代表她作品的最高水准，却分明就是家族之变的预言。正值鲜花着锦的鼎盛时刻，女子能有如此眼力，教人不能不对她多敬重几分。

她的思想，还不止于此，更令人佩服的，是她在《五美吟》中流露出的见解。且先看这首《西施》：

一代倾城逐浪花，吴宫空自忆儿家。
效颦莫笑东村女，头白溪边尚浣纱。

越女西施的故事，早已流传千年，关于她的结局，说与范蠡同泛五湖的有，说她沉水逐浪而死的也有，黛玉采用的，显然是后者。"一代倾城"又如何？还不如那丑陋的东施，倒是得以守在家乡，平安终老。美丽的代价，常常就是命比纸薄。

黛玉为西施不平，叹息她作为"美人计"中的棋子，被男人摆弄的悲惨命运。

"千里家山，万般心事，不堪尽日回首。且挨岁更时换，定有天长地久。南望也,绕若耶烟水,何处溪头。"从来吟唱西施,像梁辰鱼这样发哀怜叹惋调子者众矣。只是或罩了这思乡的外衣,或借了西施思念旧情人之"溪纱在手,那人何处,空锁翠眉依旧"的幻想,对西施悲剧的原因,悲悯有余,却稍嫌遮掩。黛玉的意思,红颜命薄,始作俑者却是操纵他们的男子。又有《明妃》可证:

绝艳惊人出汉宫,红颜命薄古今同。
君王纵使轻颜色,予夺权何畀画工?

明妃出嫁,泪洒空枝,与那塞外飞沙一样茫茫的,是她莫测的前路。此情此景,令人怎不发"红颜命薄古今同"的感慨。黛玉怜惜她,落笔讥讽汉元帝何曾真是"轻颜色",否则为何要用画工,又为何一见昭君,"大惊,意欲留之"呢?说到底,昭君的不幸,汉元帝难辞其咎。

相比西施和昭君无法自决的命运,黛玉看来,另一位著名的美人虞姬,因为拥有霸王的爱,却要多出些许安慰了。虽然身死军中,生前得与霸王丝罗共结、戎马相从,纵然他曾许她"相期定关中""鸣佩入秦宫"的约定不能实现,但死在爱人的怀抱中,虞姬"幽恨"难免,却也含笑九泉了:

肠断乌骓夜啸风,虞兮幽恨对重瞳。
黥彭甘受他年醢,饮剑何如楚帐中。

何况，她以弱女之身，将忠心置于生命之上，与史上黥布、彭越这类信仰游离、叛国叛君的须眉将军相对照，谁崇高，谁卑琐，黛玉诗中，高下立见。

"虞兮虞兮奈若何！"霸王的话，让深爱着他的虞姬心碎。黛玉选择了相信虞姬与霸王真心相爱，如此方不辜负美人芳魂。然而，她却是不愿相信西晋大官僚石崇对侍妾绿珠的情意，以至于认为绿珠的死，就是完完全全的不值得：

> 瓦砾明珠一例抛，何曾石尉重娇娆。
> 都缘顽福前生造，更有同归慰寂寥。

开头二句，用倒装句式写绿珠实际上并不为石崇器重。那石崇何曾是个怜香惜玉之人？《世说新语》里载，石崇性好奢靡，贪酷骄纵，帝王家尚且珍视的珊瑚宝树，他竟视为瓦砾，任意作践；要客燕集，令美人行酒，客若饮酒不尽，则斩美人。有时为劝一客饮酒，竟斩美人多至三人。对他来说，珊瑚美人，不过如同瓦砾，都免不了日久见弃的命运。

只可惜，绿珠认识不到这一点。当石崇将孙秀使人向他讨要绿珠的情况对她说明时，绿珠即泣曰："当效死君前。"言罢自跳高楼而死。

"何曾石尉重娇娆。"其实，石崇怎会在意一个侍妾？《拾遗记》载，石崇就抛弃过一个与他朝夕相伴的宠妾翔凤。绿珠糊涂，难道不知今日被弃的翔凤，就是明日的绿珠？为他而死，岂非不值！

黛玉在揭露石崇以假意换取绿珠真心的同时，还揭示了这悲剧发生的原因：表面来看是往生因果，实际是腐朽的伦理道德对女性观念的毒害。

由是，对那个能够挣脱凡俗、大胆追爱的奇女子红拂，黛玉满心赞赏：

长揖雄谈态自殊，美人具眼识穷途。
尸居余气杨公幕，岂得羁縻女丈夫。

只因李靖虽为布衣而"长揖雄谈态自殊"的气度，红拂便敢于夜奔相许，大胆告白："妾侍杨司空久，阅天下之人多矣，无如公者。"她相信自己的眼光，不但对李靖青眼有加，对当时正权倾一时的杨素，竟断言"彼尸居余气，不足畏也"，不愧当得"美人具眼"。末路穷途的杨府，注定拴不住这位"女丈夫"。

黛玉对红拂是由衷地敬佩和歆羡，娇弱外表下那颗叛逆的心展露无遗。

读罢《五美吟》，她骨子里的一股子叛逆劲儿、不让须眉的英雄气，才如抽丝剥茧般呈现，照亮了为人所忽略的一个别样林黛玉。

因为叛逆，行牙牌令时她冲口而出的"良辰美景奈何天""纱窗也没有红娘报"露了馅儿，被薛宝钗揪住狠狠教训了一番。

毕竟不是侠女，一个寄人篱下的闺秀，想要跳出自己的小天地，左冲右突，结果也还是自己默数累累伤痕。她，只能在每个"无赖诗魔昏晓侵"的时分，"毫端蕴秀临霜写，口齿噙香对月吟。满纸自怜题素怨，片言谁解诉秋心"。

悲怆幽怨，是她所有诗作的底色。即便是在万家团圆的中秋之夜，与湘云于凹晶馆中联句，虽有"三五中秋夕""匝地管弦繁""几处狂飞盏""良夜景暄暄"作始，到得后头，仍旧以一句黛玉式的"冷月葬诗魂"收尾，就连粗枝大叶的湘云都忍不住劝她要想开些。

可是，若要能想得开，除非她已不再是她。

多数时候，黛玉纤细敏感，所作诗词总笼罩着愁云惨雾。从"粉堕百花洲，香残燕子楼"到"嫁与东风春不管，凭尔去，忍淹留"，一首《唐多令》，叹柳花飘零，无一字不含血带泪；但从她咏白海棠"半卷湘帘半掩门，碾冰为土玉为盆。偷来梨蕊三分白，借得梅花一缕魂"的妙思和咏螃蟹"铁甲长戈死未忘，堆盘色相喜先尝。螯封嫩玉双双满，壳凸红脂块块香"的调皮，我们也会惊奇地发现整日里哀愁深重的她热爱生活的另外一面。

敏才过人、诗思奇特而功利最少、最具文学美，怪道众人赛诗，几乎回回都是潇湘妃子独占鳌头。

第二章 恨相遇·瑜亮情结

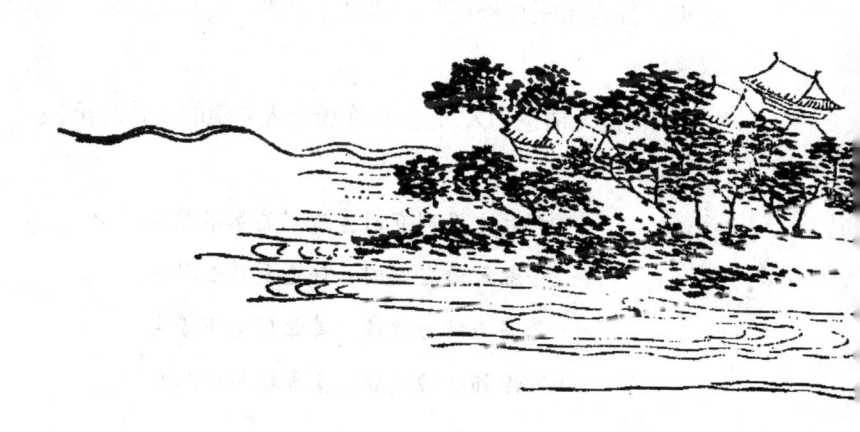

任是无情也动人·薛宝钗

第六十三回"寿怡红群芳开夜宴",时逢怡红公子生日,园中小姐丫鬟为他夜宴庆祝。推杯换盏的当儿,自然免不了行花名签酒令,薛宝钗便是第一位掣签者。她抽的那一根签上画着牡丹,题着"艳冠群芳",下边镌一句唐诗"任是无情也动人",注"在席共贺一杯,此为群芳之冠,随意命人"。在座众人对她"巧的很,你也原配牡丹花"的恭维,恰代表着世人对薛宝钗品性的确评。

"任是无情也动人",出自晚唐诗人罗隐的《牡丹花》:

似共东风别有因,绛罗高卷不胜春。
若教解语应倾国,任是无情也动人。
芍药与君为近侍,芙蓉何处避芳尘。
可怜韩令功成后,辜负秾华过此身。

又据《本草·牡丹》:"群花品中,以牡丹为第一,芍药第二,故世谓牡丹为花王,芍药为花相。"至于芙蓉,则又等而下之,远不能与牡丹抗衡了。然而,当夜抽中芙蓉的,正是林黛玉。

似爱恨情仇天注定,薛宝钗的到来,无疑扰乱了宝哥哥的心。何况,她的完美,竟叫人挑不出刺儿来,倒把黛玉的缺点衬托得一览无余。一时间"人多谓黛玉所不及",自然,宝钗成了黛玉最大的挑战。

牡丹娇贵,绛罗帐中养尊处优,正如宝钗的出身。她,来自皇商巨贾之家,"珍珠如土金如铁",远非没落的林家可比,惹得黛玉只得叹息:"你如何比我?你又有母亲,又有哥哥,这里又有买卖地土,家里又仍旧有房有地……我是一无所有。"

牡丹不只雍容,还春光独占,说尽风流,不然怎会被唐人奉为国色,比之杨贵妃为:"名花倾国两相欢,常得君王带笑看。"花因美人获名"解语",人因牡丹相映成红,千娇百媚中,只惊鸿一瞥,从此便再难忘却。宝钗其人,全然当得起"艳冠群芳"的赞誉。

她"唇不点而红,眉不画而翠,脸若银盆,眼如水杏",比黛玉"另具一种妩媚风流";论容貌,分明可以匹敌黛玉;论衣着,"一色半新不旧,看去不觉奢华","惟觉淡雅",贵族风范,尽在曹公的轻描淡写之中呈现;论天资才学,宝钗也不在黛玉之下。她通今博古、丹青、辞赋、戏曲、舞美,甚至医药无所不晓,却又更贵在深藏不露、雅涵宽宏。

书中第二十三回里,黛玉才阅了《西厢》,到得四十回中行酒令时,便锋芒毕露,脱口而出那一句"良辰美景奈何天",宝钗得以立刻辨出:正是闺阁禁书《西厢记》中句子,只因这是她早于"从小七八岁上"就看过了的;园中姐妹结诗社,偶能压倒黛玉的,也只有她。行牙牌令时,出自宝钗之手的"水荇牵风翠带长""处处风波处处愁",既切题逼真,又端庄典雅,已叫人高看。待到第七十回园中最后一次诗会,宝钗更是以一首气韵天成的《临江仙》拔得头筹:

  白玉堂前春解舞,东风卷得均匀。蜂团蝶阵乱纷纷。几曾随逝水,岂必委芳尘。
  万缕千丝终不改,任他随聚随分。韶华休笑本无根,好风频借力,送我上青云!

"柳絮原是一件轻薄无根无绊的东西,然依我的主意,偏要把他说好了,才不落套。"这是她独运的匠心。宝钗这阕词,无论从创意、遣词还是造境,都堪称完美。刚看起头,湘云先就笑道:"好一个'东风卷得均匀'!这一句就出人之上了。"读罢以后,众人皆拍案叫绝,都说:"果然翻得好气力,自然是这首为尊。"

只是可惜,宝钗作诗,与她的人一样,固然精致无双,总不似妹妹般真性情,读来总觉遮遮掩掩,少了些清澈的灵魂。譬如她的这一首《画菊》:

  诗余戏笔不如狂,岂是丹青费较量。
  聚叶泼成千点墨,攒花染出几痕霜。
  淡淡神会风前影,跳脱秋生腕底香。

> 莫认东篱闲采撷，粘屏聊以慰重阳。

看来便是只在字面上做文章，索性遣词倒用得极好，"聚叶""攒花"如泼墨晕染，显出宝钗诗画交融的境界，"风前影""腕底香"灵动洒脱，又将画菊人的神采写活。最后却调侃道："不要被我的画所骗，以为真是采自花圃的菊花，我只是把画贴在屏风上聊慰重阳寂寞罢了。"情趣有了，却缺少精魄，稍显空洞，读来不能感染人，不及那首《临江仙》，却也真是"无情也动人"了。

如果说"好风凭借力，送我上青云"为宝钗惹了几百年的指责，世人皆以此作为她醉心于飞黄腾达的铁证，那么她为打趣宝黛而戏作的《螃蟹咏》，其中所流露的俗念愈发明显：

> 桂霭桐阴坐举觞，长安涎口盼重阳。
> 眼前道路无经纬，皮里春秋空黑黄。
> 酒未涤腥还用菊，性防积冷定须姜。
> 于今落釜成何益，月浦空余禾黍香。

海棠社的诗人们看了，"都说是食螃蟹绝唱，这些小题目，原要寓大意才算是大才，只是讽刺世人太毒了些"，作者宝钗因此得了螃蟹诗之冠。

宝钗在诗里寓的"大意"，便是顺应世道的规劝。其中"眼前道路无经纬，皮里春秋空黑黄"一联，简直是对宝玉"纵然生得好皮囊，腹内原来草莽"和"潦倒不通世务，愚顽怕读文章"

的嘲弄。至于尾联两句，看去是在贬螃蟹，实则是对宝玉的警示。须知宝玉可是先作了这一首忘乎所以的《螃蟹咏》：

> 持螯更喜桂阴凉，泼醋擂姜兴欲狂。
> 饕餮王孙应有酒，横行公子竟无肠。
> 脐间积冷馋忘忌，指上沾腥洗尚香。
> 原为世人美口腹，坡仙曾笑一生忙。

宝玉这诗，像是在笑螃蟹，又像在嘲自己。他与大文豪苏东坡引为同调，自我调侃一番，尤其尾联"原为世人美口腹，坡仙曾笑一生忙"两句，令人不禁想起了东坡"自笑平生为口忙，老来事业转荒唐"的自嘲。苏轼才华横溢，却不为世用，一生沉浮，只有诗酒自娱为伴，宝玉诗中，颇有些自况坡翁，洋洋得意的意思。对宝钗的讽刺劝解，他显然全不放在心上。

宝玉与宝钗，处于两个世界，比如对待权贵，一个冷淡轻蔑，一个顺承迎合。

皇宫里的人，最是怠慢不得。第十七至十八回里，元妃归省，宝钗作应制诗《凝晖钟瑞》，只听这题目，便觉空洞逢迎。果然，颔联"高柳喜迁莺出谷，修篁时待凤来仪"将元妃比作凤凰，尾联"睿藻仙才盈彩笔，自惭何敢再为辞"更是把元妃夸上了天："您文采飞扬，我只有自惭，哪里还敢写些什么。"果得贵妃称赏："非愚姊妹可同列者。"虽然得到这夸奖的还有黛玉，但给黛玉诗"与众不同"的评价，颇有客套敷衍的意味，宝钗的诗，才深得上心。后来宫里赏赐端午礼品，独宝钗和宝玉的一样,指婚之事,也就水到渠成了。

漫说一块与通灵宝玉正好能凑成一对儿的金锁,每让黛玉瞧见,已然触目惊心,宝姐姐的为人处世,更是黛玉的一块心病。"宝钗行为豁达,随分从时,不比黛玉孤高自许,目无下尘,故比黛玉大得下人之心。"在贾母、王夫人面前,宝钗恭顺识体,赢得不少"到底宝丫头好"的赞许;同辈玩笑面前,她应付起来游刃有余;丫头婆子们的利益,她尽量顾全;就连没人待见的赵姨娘,收到宝钗的礼物,也连声称赞"宝丫头好,会做人,很大方"。

对待素日将自己当作敌人,明里争、暗里较劲的林黛玉,宝钗表现得极有涵养。黛玉犯了闺阁禁忌,宝钗只私下里提醒,"蘅芜君兰言解疑癖"一回,黛玉对她已是"竟大感激","金兰契互剖金兰语"之后,宝钗又是送燕窝,又是写信安慰,林黛玉也不禁惭愧:"你素日待人,固然是极好的,然我最是个多心的人,只当你心里藏奸。"单纯的诗人就此缴械投降,对宝钗,竟再不设防了。

就连一心痴恋着林妹妹的宝玉,面对宝钗这般完美的人,也差点没了立场。不仅时时被宝钗的美貌迷得形同"呆雁",有时还深感宝钗"体谅"自己,得到宝钗点拨之后,"喜的拍膝画圈,称赏不已,又赞宝钗无书不知"。

然而,优点常常就是缺点。标本一般的品格端方,何以偏担个警幻情榜上的"无情"名?这首被赞为"这诗有身份"的《咏白海棠》,简直就是薛宝钗的自画像:

珍重芳姿昼掩门,自携手瓮灌苔盆。

胭脂洗出秋阶影,冰雪招来露砌魂。
淡极始知花更艳,愁多焉得玉无痕。
欲偿白帝凭清洁,不语婷婷日又昏。

一位大白日尚且要掩门、闲来侍弄花草的端庄美人活脱脱在眼前。"冰雪""露""淡极""清洁"既勾勒出她返璞归真的高雅品位,又暗示着她"事不关己不开口,一问摇头三不知"的冷淡性格,相比起宝玉和黛玉,她倒真无情得紧。

其实,所谓无情,说的倒也不该是她,而是塑造她的那个时代。悲剧从来不只是个人的,更是时代和环境的。宝玉离家后,宝钗独守空房,以她那般如花美眷、我见犹怜,实不该受这样的冷落。扼杀她的天真烂漫,又一步步将她送上这惨淡人生的幕后之手,那将她的"西厢""琵琶""元人百种"付之一炬的"大人们",看到此情景,不知会不会心有戚戚?

世皆称宝钗为"冷香丸",美则美矣,终究清冷如霜。她有无情或狠心装傻的时候,第三十二回"含耻辱情烈死金钏"便是一证。金钏儿含冤投井而死后,宝钗非但没有对金钏儿表示出半点同情,反倒软语巴结劝慰凶手王夫人。然而,她却也只是顺应了这个肮脏的世界,想在其中求得一己安宁而已。独善其身的部分,才属于她自己。譬如闺房那"阴森透骨"的"雪洞一般"的布置,可以见出她并不是没有自我意识,否则明知贾母喜爱花好月圆的热闹品位,若为讨好得彻底,就不该把房间扮得那般素净,惹贾母不悦。在她内心里,是很想要做自己的。

薛宝钗懂所有人的需求,却少有人懂她。表面看去她谦和开朗，实际上对社交背后的世态炎凉，她比谁都看得清楚。只是，天性使然，她没有林黛玉的勇气，最终选择了"顺之者昌"。

趋利而避害，潜移默化中，这商家出身的女儿取道功利，乃是习惯使然。

其实，任是世间哪一个男子，能够娶妻如宝钗，都要叩谢苍天了。然而宝玉，偏偏是宝玉，在他看来，宝钗的贤德竟入了那"国贼禄鬼之流"。志趣殊异，自然免不了劳燕分飞的结局。

看透不说破，本是智慧，不敢做自己，却是悲剧的根源。将别人的期望，错当作自己的幸福，梦醒后，便只剩了孑然一身的孤零。

宝钗最爱的戏，是绝俗离世的《寄生草》。她是一朵热情盛开在琐碎世俗中的牡丹，也是一朵在清冷暗夜里幽然吐芳的睡莲。

只可惜，深夜里的风景，没有人驻足欣赏。

懂得宝钗的，或许只有"雪洞"里那青色纱幔帐，或者还有那摆在桌子上的两三部书。唯有它们，也只有它们。

一抔净土掩风流·钗与黛

"游幻境指迷十二钗,饮仙醪曲演红楼梦",这是《红楼梦》第五回的章回题目。在太虚幻境薄命司里,贾宝玉翻阅着金陵十二钗正册。第一页上赫然写着:

可叹停机德,堪怜咏絮才。
玉带林中挂,金簪雪里埋。

字眼历历,触目惊心,原是预示着林黛玉和薛宝钗的命运?为何其余正钗皆配有单独一首判词,而钗、黛却要合写一处?既然合写,这十二钗之首究竟确指为谁?数百年来,读者争论不休。

答案之所以模糊,恐怕根源在于曹雪芹自己内心也难以取舍。

在他的生命中,不知是否出现过美好得如同钗、黛的女子。或是他的妻妾,或是他的姐妹,或只是擦肩而过的路人。她们来时,带着各自美丽的哀愁,走时,未在尘世留下丝毫痕迹,只有痴者曹雪芹，常在心中苦苦忆念。

江南的丽日和风中，他曾与她们少年同游。或结社赛诗，或焚香对弈，或檐下抚琴，或品评一碗新煮的绿畦香稻粳米饭的色味。他是她们的知音，洞察了她们或"鲜妍妩媚"或"袅娜风流"这两种迥异然又各具魅力的女性美，一番精心雕琢，便有了后来的薛宝钗和林黛玉。

《红楼梦》第四十二回，脂砚斋批："钗玉名虽两个，人却一身，此幻笔也。"所谓"钗黛合一"，常以这句批语为最有力的根据。书中让人揪心的，莫过于她们这两种风情、两处闲愁，最终竟然同样归于惨淡的无奈。

这或许就是曹公以互文笔法，将钗、黛命运合写在一首诗中的原因。每一句都可以是在写钗，又可以是在写黛，于是钗、黛纠缠，并列十二正钗之首。

纵然兼有乐羊子妻的贤德和谢道韫的高才，在历史那猜不透悲喜的冷漠瞳孔中，她们只享受了片刻的扑蝶欢愉，愁吟过一季葬花诗句，然后便随着风，默默凋零。

那风从古吹来，带着积攒千年罪恶的气息，扫荡一切美好，毫不留情。

或许有人不屑地嘲问，既然逆风艰难，何不顺应？可钗黛的悲剧会让人明白，那风本身是有毒的，无论叛逆还是顺应，都难逃噩运。今人会说，性格决定命运。然而对于数百年前封建家庭里的钗、黛，决定她们命运的，似乎终归还是命运本身。连塑造她们的作者本人，也挣脱不了命运的羁绊。他从一开始就注意到了隐藏在欢乐背后的悲凉，每每绕过柳树，穿过花荫，那躲在角落里某一位女子轻声的叹息,他都能听见。

　　终于,大厦倾倒,族人奔窜。曹雪芹被迫北上,换了水土,也移了性情。痛感着一路走来、一路失去的无奈,从前看不穿的事,在经历了磨难后,竟然也在头脑中渐渐明了。

　　一个看穿了世事的人,就难免要做些糊涂人想都想不到的事情——叙写《红楼梦》,成了他人生中最大的寄托。

　　最能令珍惜幸福的人感到痛苦的事,大概莫过于眼见美好被粉碎在面前。《红楼梦》巨大的悲剧魅力,倒不见得是曹雪芹刻意追求的,而是他自己已经咀嚼过更浓烈的苦味,才能在不知不觉间就把这凄美传递给读者。当纸上的岁月里挟了芳魂流逝,炙烤在他心底的,是比读者更难言说的痛楚。

　　著书未竟,就溘然长逝,惋惜之余,又有一种终于解脱的辛酸幸福。"满纸荒唐言,一把辛酸泪",写得如此辛苦,谁能不盼解脱?好在留下了说不尽的黛玉和宝钗,一个是作者心中的最爱,一个是世人推崇的典范。

　　姑苏林黛玉,生不同人,死不同鬼,本属离恨天,是三生石旁的一株绛珠仙草,因受赤霞宫神瑛侍者灌溉之恩,便思下凡还泪报恩。因这不凡的来历,她拥有的是一颗不染俗尘的心,这颗心与宝玉的赤子之心惺惺相惜,同为家族的叛逆者,缠绕在宝玉与黛玉之间的,是志同道合的真挚爱情。

　　然而,在一个丝竹声若有若无飘荡着的夜里,徒让冷月葬了诗魂。

　　至于薛宝钗,生于巨富之家,长于严格礼教下,典雅端方,举止有度。若按传统女德标准,宝钗无可挑剔。然而,奉旨成婚,这样顺理成章的事,竟也落了个"纵然是齐眉举案,到底意难平"的结局。

所以,无论怎样都是错。不是只有黛玉般孤傲蔑俗才会招致毁灭,处处维护礼教的宝钗,同样与幸福无缘。无非只是一时选择不同,等在前方的,除了绝境,仍是绝境。

红楼一梦万事空,最空不过爱情的幻梦。

爱人不爱十分满,聪慧如黛玉,怎会不明白?然,本就为还泪报恩而来,心不随着他的一言一行而跳动,又怎是全心全意的情感?她为爱情生,也为爱情死,宝玉是她生命所系,由不得她自己控制。

这便是女子的痴,纵然知其不幸,亦无从劝阻。何况,本就是逃不开的情缘,回首冥冥,一切皆有缘起。

说起来,在贾府,只有宝玉知林妹妹的心。他深知从不说关于"仕途经济"那样"混帐话"的,仅黛玉一人而已;在那个"女子无才便是德"的时代,黛玉只管饱读诗书,闺房布置得如书房一般肃穆寂寥;刚搬进大观园,她单挑了潇湘馆,说最爱那几株竹子的清幽。她和一般人样样不同,是以宝玉心中只"深敬黛玉"。

这样的知己,黛玉又怎会不珍惜?落英缤纷里,二人共读《西厢》,引为同心,时光若能永久停留在那一刻,该多么美好。然而,那一块刻着"莫失莫忘,仙寿恒昌"八字的通灵宝玉,如同跨不过的藩篱,宝玉固然厌恶这"劳什子",终究还是离不开它。何况还有宝姐姐那耀眼的金锁,"不离不弃,芳龄永继"八字如同咒语,箍住了他们三人。

不免痛苦，不免挣扎，未解旧愁，又添新愁。在不被祝福的爱情里，黛玉心中郁积的情绪，只能借诗抒发。倘若没有诗，恐怕也就没有林黛玉了。且看那字字的珠泪、阴冷的意象和惨淡的诗境，无不在诉说她的遭遇。她的生命正依附在这诗里，而非单纯用笔墨和技巧书写。

诗是她的魂，也是她交与宝玉的真心，从题帕定情，到焚稿断情，再不怨"无赖诗魔昏晓侵"，焚了诗，也就到了告别的时刻，突然喊出的那一句"宝玉！宝玉！你好"也不知宝玉是否听到了。

如果林妹妹注定只能是"世外仙姝寂寞林"，如同张爱玲笔下的"床前明月光"，或心口的朱砂痣，让宝玉一生挂念，那遵从贵妃旨意与宝玉结合的宝钗，总该享有尘世的幸福吧？结果还是不然。

宝钗爱不爱宝玉，不好说，这事儿也许只有她自己知道，然而她是不会轻易流露真情的，或者说，被压抑得太久，她已经没有爱的能力了。作为一个标准的大家闺秀，她信守封建妇德，豆蔻芳龄，本当活泼烂漫，然而通观全书，她真正为自己开心做过的，恐怕唯有滴翠亭下扑蝶一事。

对于婚事，她的态度是模糊的。从她一贯的克制表现来看，说她不爱宝玉，怕也是站得住脚的。这样的女子应是一心等着"父母之命，媒妁之言"，说她心怀叵测，觊觎宝二奶奶的尊位，实在冤枉了她。更何况，世上怎会有人算计自己的幸福？假如心机用尽，只能换来丈夫的冷漠，即便日日相守，又有何意义可言？

她只顾着委屈自己，用别人的认可去衡量自己的价值。如此看来，宝钗其实也是个可怜人。又说可怜之人必有可恨之处，非要论及宝钗的可恨，就该恨她的懦弱和顺从。

成亲那晚，当宝玉揭起盖头呆呆地看着宝钗，心里想的却是黛玉时，属于宝钗的悲剧才真正开始——宝玉不爱她。从之前偶然听他梦中喊出："和尚道士的话如何信得？什么是金玉姻缘，我偏说是木石姻缘！"再到他失玉以后万般疯傻，只不许林妹妹离开的种种表现里，以宝钗的冰雪聪明，怎会不懂宝玉的心事。然而，她还是遂了森严礼教的愿，把自己与宝玉的幸福一起葬送。

待到宝玉离家，宝钗就失了依靠，虽然她的善良和教养还时刻敦促着她竭力维持贾氏家族的延续。其实已是徒劳，纵是百足之虫，死了便是死了。呼啦啦大厦倾颓，树倒猢狲散。

在宝钗颠沛流离、喘息无暇中，会不会有那么一刻，她心中其实是羡慕林妹妹的？顺从没有给宝钗带来幸福，反倒使她背负骂名。假使能如林妹妹般潇洒弃世，反倒落得清静。

死，竟成为一种幸福，让活着的人神往不已。

只怪那个糟烂的时代。不论像黛玉般孜孜以求，或如宝钗般听天由命，到最后，总不免碰壁收场。"未若锦囊收艳骨，一抔净土掩风流"，这是她们共同的结局：被埋进历史的尘埃中。厄运向来横加于人，钗、黛的遭遇，不是性格的悲剧，而是时代的悲剧。到最后，枉然闲愁两处，收于大梦一归，空留无奈深重，叫人叹息流连。

空对高士晶莹雪·金玉缘

宝玉说:"你的婚姻不是你的,是你的家族的。"

宝钗凄然:"那你的心呢?我还可不可以依靠?"

宝玉黯然:"我的心,早已放在林妹妹那里了。"

门外翩然飘飞着雪花,宝钗、宝玉二人背向而立,景色、内心,全落得寂寂然一片凄凉。这一幕,出自香港舞台剧《贾宝玉》。

人世间最大的痛苦之一,便是与你朝夕相对的那个人,牵牵念念的永远是另一个人,而自己从未被他放在心上。宝钗遭遇的,就是这样的痛苦。

她嫁的丈夫,本是最会疼人的。他曾于热闹的场合抽出身来,到井边去哀悼一个跳井自杀的丫头,也曾于贴身侍婢死后,为她书写了不止一篇诔文。

她嫁的丈夫,本也是最解风情的。他曾于菊花开时,带病远涉来访:

闲趁霜晴试一游,酒杯药盏莫淹留。

霜前月下谁家种，槛外篱边何处秋。
蜡屐远来情得得，冷吟不尽兴悠悠。
黄花若解怜诗客，休负今朝挂杖头。

多情最是颈、尾两联——长醉抱恙的公子，着屐远来，专为阅读这花中秋色。公子怜你如是，菊花啊，你要尽情绽放，切莫辜负他的一番深情。果然：

携锄秋圃自移来，篱畔庭前故故栽。
昨夜不期经雨活，今朝犹喜带霜开。
冷吟秋色诗千首，醉酷寒香酒一杯。
泉溉泥封勤护惜，好知井径绝尘埃。

自从公子移菊种到自己的篱畔庭前，花儿果然经雨带霜而开。公子大喜，兴尽饮酒，殷勤护花。这次第，倒叫人想起他在灵河岸边，悉心灌溉绛珠仙草的前世。

怎奈那绛珠仙草到了今生，却是黛玉，而非宝钗。对黛玉，他恨不能掏出心来给她看，失去她以后，心便离了躯壳，随着她去了。

糊里糊涂间，娶了不爱的宝钗，多情公子似乎也失去了爱的能力：

都道是金玉良缘，俺只念木石前盟。空对着，山中高士晶莹雪；终不忘，世外仙姝寂寞林。叹人间，美中不足今方信。纵然是齐眉举案，到底意难平。

——《红楼梦曲·终身误》

空对着"山中高士晶莹雪"的宝钗，忘不了的，却是那"世外仙姝寂寞林"的黛玉。"叹人间，美中不足今方信"，此时，宝玉必是忆起当日还是顽石之时，那一僧一道对他的劝告："那红尘中有却有些乐事，但不能永远依恃；况又有'美中不足，好事多魔'八个字紧相随属，瞬息间则又乐极悲生，人非物换，究竟是到头一梦，万境归空，倒不如不去的好。"

许多道理，年少的时候，我们总不肯信，非得等到经历了世事，挨过了苦痛，才不得不对命运含泪臣服。将他带入尘世，又携他离开的一僧一道，最后终于得以用一副"早知今日，何必当初"的姿态，迫他承认了年少轻狂的幼稚和失败。

"失去幽灵真境界，幻来亲就臭皮囊"，若问宝玉是否后悔当日下凡入世，不知他将如何作答。但我想，虽然烧尽了青春，但存了与林妹妹的一段美好回忆，他该是无悔的。

于宝玉，身边有黛玉，便觉天天是节日，件件是乐事；没了黛玉，这一场人生浮梦，便不想继续再做下去。他骗不了自己，也骗不了宝钗。

于宝钗，与其深恨彼时软弱，何不从此做真实的自己？可惜一直到最后，聪明如她，却不肯醒悟。

许多时候，一念闪失，便要用一生去遗憾。恰似一杯无味毒酒，饮时不知，痛苦却在长久的以后。宝钗之错，一在听信了家长们的训导，以为爱情可以用时间来培养，可惜，爱情终究与时间无关。不管时间怎样流逝，顶多能产生些微的依恋和责任，却不是爱情。然而，它又深具迷惑性，自以为是的"过来人"们，便常常用这一套假象，来蒙蔽有情人的眼睛。

宝钗另一错，大概是错看了宝玉。她曾自信地以为，能用自己的温婉敦厚改变他，让他也融化在与自己相同的信仰里。然而，在试图改变一个并不爱自己的男子这场持续古今的赌博里，女子从来就没有赢过。他若愿意改变，一定是因为爱，想要对她证明自己的爱，或要使她更爱自己。能改变宝玉的，却不是宝钗，唯有黛玉一人而已。

况且宝钗、宝玉之间，不单宝玉不爱宝钗，宝钗又何曾真爱着宝玉？

宝钗并不懂得宝黛之间生死相依的感情，更想不到黛玉会因爱丧命，内心里怕是还在遗憾黛玉为何这样想不开。她自己大概是不愿意相信爱情的，也就并不懂得什么是爱情。她聪明得很，于爱情却又懵懂，世间男欢女爱，以及那些揪心的桥段，在宝钗眼里，大抵都是些没有意义的苦痛。

又或许，她只是比一般人看得更加透彻。在爱情里，她宁愿做个隔岸观火的人，只远观，不靠近，心不动，就不痛。没有纠缠，就不会有那许多难解的情愁和难度的劫数。

宝钗甚至都不愿意开始，便决定谁也不爱了，连自己都不爱，遑论宝玉呢？若要道她心怀叵测，觊觎宝二奶奶的位置已久，我倒愿在此为她做一番辩白。

书中第二十八回"蒋玉菡情赠茜香罗，薛宝钗羞笼红麝串"便已作如是陈情："薛宝钗因往日母亲对王夫人等曾提过'金锁是个和尚给的,等日后有玉的方可结为婚姻'等语,所以总远着宝玉……幸亏宝玉被一个林黛玉缠绵住了,心心念念只记挂着林黛玉,并不理论这事。"适逢元妃赐了一样的东西给她和宝玉,宝钗"心里越发没意思起来"。后来宝玉要瞧她的红麝串,却看着她雪白的手臂发呆,宝钗登时羞红的脸,成了无数人当作她喜欢宝玉的证据。其实,任是哪个深闺少女,被个男子痴痴盯着,恐怕都是会害羞的吧。

第三十四回"情中情因情感妹妹,错里错以错劝哥哥"里,宝玉被打,众人赶去看望。宝钗前来送药,只说了句"别说老太太、太太心疼,就是我们看着,心里也疼",便又被人抓住了把柄。于是在后面,她与哥哥闹别扭,薛蟠便这样讽刺她偏袒宝玉:"好妹妹,你不用和我闹,我早知道你的心了。从先妈和我说,你这金要拣有玉的才可正配,你留了心,见宝玉有那劳什骨子,你自然如今行动护着他。"话未说了,便把宝钗气怔了,拉着薛姨妈哭道:"妈妈你听,哥哥说的是什么话!"这样反应,怕也不全是因为被人说中了心意吧?

我倒觉着,以她对"仕途经济"的一贯认同,宝玉并不是她中意的类型。

她劝黛玉时,也曾无意中谈到对当时"国之栋梁"的看法:"男人们读书明理,辅国治民,这便好了。只是如今并不听见有这样的人,读了书倒更坏了。"可见她觉得男人并不可依靠,也就不奢望能得到一个与自己心心相印的情郎了,门第、财富、利益,或许才更能带给她安全感。所以,嫁与宝玉,她只是做出了风险最小的选择。

可惜这个致命的选择，毁灭了宝黛，也葬送了自己。

宝钗的命运，便如她诗谜中为报更而燃点的线香。这不是她所情愿的，却也正是她不能不领受的：

> 朝罢谁携两袖烟，琴边衾里总无缘。
> 晓筹不用鸡人报，五夜无烦侍女添。
> 焦首朝朝还暮暮，煎心日日复年年。
> 光阴荏苒须当惜，风雨阴晴任变迁。

不是知音，不解宝玉琴意，也就不会是他夜里想要轻揽入怀的人，是以"琴边衾里总无缘"，说的不是线香，而是宝钗、宝玉这名存实亡的婚姻，倒真不如没有的好。他一朝悬崖撒手，留下宝钗长夜独守，"焦首朝朝还暮暮，煎心日日复年年"。

青春年少，却孤凄寡居，又让人想起早年她作的《忆菊》：

> 怅望西风抱闷思，蓼红苇白断肠时。
> 空篱旧圃秋无迹，瘦月清霜梦有知。
> 念念心随归雁远，寥寥坐听晚砧痴。
> 谁怜我为黄花病，慰语重阳会有期。

旧时戏作，竟成今日境遇的写照。彼时的她，独立秋风，怅怅忆宝玉，心儿早已随着雁儿远去。那一声连着一声的捣衣声中，浸透了古来无数女子思念丈夫的血泪，如今，宝钗也成了她们其中之一。不知满腹诗书的她，独倚栏杆之时，都忆起了哪些闺怨名句，她的心境，必是苦闷难舒的吧，却连个安慰她的人也没有。重阳复重阳，苦苦等待的那个人，终是再也不回来了。

> 好知运败金无彩，堪叹时乖玉不光。
> 白骨如山忘姓氏，无非公子与红妆。

说什么金玉良缘，终究是"金无彩""玉不光"，说什么"不离不弃，芳龄永继"，又道是"莫失莫忘，仙寿恒昌"，到头来，运败时乖，大梦成空。没有爱情的婚姻，注定是败局。可嘲顽石幻象，勘破红尘，世上错偶，又岂独宝钗、宝玉一例。

一场幽梦同谁近·宝黛钗

"也许每一个男子全都有过这样的两个女人，至少两个。娶了红玫瑰，久而久之，红的变成了墙上的一抹蚊子血，白的还是'床前明月光'；娶了白玫瑰，白的便是衣服上沾的一粒饭黏子，红的却是心口上一颗朱砂痣。"张爱玲在小说《红玫瑰与白玫瑰》里如是说。

相比起得到他的人却得不到他的心，不少女子，怕是宁愿选择做他心口那一粒永远的朱砂痣吧。因着得不到的才是更好的，于是那些由距离和时间编织而成的美好幻想，从此便长驻在他的心中了。等他每次幽幽想起，自己永远是初见时最美的模样，那一眼之下碰出的火花，随着岁月涤荡，经久而愈发显得鲜亮可爱。

古典诗词最感动人的主题之一，便是缅念昨日情怀。诗人们迷恋着那再也回不去的昨夕，他们所叹惋的，不只是消逝的青春，还有在那仿佛隔着一层磨砂玻璃般可望而不可即的旧时光里，总摇曳着的一位此生难以再见的故人倩影。譬如唐代诗人崔护那两句"人面不知何处去,桃花依旧笑春风",总能牵惹愁肠。

在诸多追忆过往的诗词中,悼亡词最是催人断肠。因着已是生死相隔,那笔下的万端遗恨更是缠绵悱恻得紧。比如元稹的"唯将终夜长开眼,报答平生未展眉",又如苏轼的"十年生死两茫茫,不思量,自难忘,千里孤坟,无处话凄凉",念及逝去的爱人,诗人如泣如诉,令品读的后人无法不动容,难以不伤情。

"头白鸳鸯失伴飞"的遗憾,毕竟源自曾经拥有过的相伴相守,但有这样一些女子,她们并不曾安享过爱人护翼下的温存。之所以被念念不忘,实在是因为,那不能相守亦不能相忘的爱,于谁都是种铭心刻痕。黛玉之于宝玉,便是如此。

宝黛之恋,本那样美好。当日姐妹们刚搬进新建的大观园,宝玉挥毫兴作的四首《大观园即事诗》里,"盈盈烛泪因谁泣,点点花愁为我嗔""倦绣佳人幽梦长,金笼鹦鹉唤茶汤",黛玉是那永恒的女主角。

虽然其中片语琐碎,但在大观园中,常日里闲愁下泪、喜弄鹦鹉的,除了黛玉还能有谁?宝玉这呆子的心里、眼里,全是黛玉,即若描绘大观园四季景色,诗里摇曳着的,也满是黛玉的身影。好一个痴心人儿!

只是,宝黛之缘,轻似涟漪,才刚起了微澜,便被流年匆匆葬送,终如那唱尽红楼之憾的《痴情司》歌:"你和我这美梦里,涟漪已诉尽,重来也失余意。"

生命与爱情都不能重来,四顾茫然不见林妹妹,宝玉从此便把自己也丢了。

黛玉身死,宝玉与宝钗成婚。书中第一百零九回"候芳魂五儿承错爱"里,夜晚宝玉睡在外间,专等黛玉入梦,却徒然无获。次日醒来,正叹着"悠悠生死别经年,魂魄不曾来入梦",一夜没有睡着的宝钗听了劝道:"这句又说莽撞了,如若林妹妹在时,又该生气了。"宝玉听了,反不好意思,只得起来与她搭讪说:"我原要进来的,不觉得一个盹儿就打着了。"宝钗道的是:"你进来不进来与我什么相干。"

分明心中五味杂陈而无法入睡,伴在他身侧却被忽视的宝钗心里酸楚,此时更能与何人言?丈夫对林妹妹牵肠挂肚,即便冷静如她,又怎能不怨不痛?

无奈,宝玉一心只爱着黛玉,对宝钗,始终"情爱未满"。

其实,相对于朱砂痣,更值得疼惜的,倒是这一抹蚊子血。死亡带来的痛苦通常只在短短一瞬,而活的艰辛,却是漫漫一生。

与黛玉相比,宝钗并不幸运。那第八十七"感秋深抚琴悲往事"一回,黛玉为自己身世伤感落泪,紫鹃正愁着没法儿劝解时,薛宝钗打发人送给黛玉一封信:

妹生辰不偶,家运多艰,姊妹伶仃,萱亲衰迈。兼之猇声狺语,旦暮无休。更遭惨祸飞灾,不啻惊风密雨。夜深辗侧,愁绪何堪。属在同心,能不为之憋恻乎?回忆海棠结社,序属清秋,对菊持螯,同盟欢洽。犹记"孤标傲世偕谁隐,一样花开为底迟"之句,未尝不叹冷节遗芳,如吾两人也。

信的意思是:你因忧愁而失眠,难道我心里不是一样难过吗?你虽丧双亲,蒙屈篱下,而我父亲早逝,母亲年迈,哥哥惹祸不断,他还讨了个爱撒泼的妻子,搅得全家一日不得安宁,你我难道不是一样可怜吗?所以,"未尝不叹冷节遗芳,如吾两人也",宝钗这是将自己和黛玉同归了命苦之人,倒也并非夸张。

信中提及了旧日黛玉所作的《问菊》:

欲讯秋情众莫知,喃喃负手叩东篱。
孤标傲世偕谁隐,一样花开为底迟?
圃露庭霜何寂寞,鸿归蛩病可相思?
休言举世无谈者,解语何妨片语时。

当时潇湘妃子一齐作的,还有一首《菊梦》:

篱畔秋酣一觉清,和云伴月不分明。
登仙非慕庄生蝶,忆旧还寻陶令盟。
睡去依依随雁断,惊回故故恼蛩鸣。
醒时幽怨同谁诉,衰草寒烟无限情。

两首诗偏重不同,心思却是相似的:俗世艰难,知音可贵。其中"孤标傲世偕谁隐,一样花开为底迟"两句,不仅得宝钗激赏,念之不忘,更是《红楼梦》一书中难得的佳句,历来为人所称道:一样是开花,孤标傲世的菊花,却偏偏选择迟开在秋天的寒风中。如此一来,菊花不就孤寂了吗?

幸就幸在,黛玉不仅有宝玉这个前世冤家,还有宝钗——这个原本被她视若寇仇的女子,却原来也能这般理解她的处境,还引为知己。所以作者在哀叹"醒时幽怨同谁诉,衰草寒烟无限情"的同时,又能写出"休言举世无谈者,解语何妨片语时"的乐观句子来。

续着上面一封信,宝钗接下来"感怀触绪,聊赋四章,匪曰无故呻吟,亦长歌当哭之意耳"的《与林黛玉诗四章》,作为全书中少见的骚体,承载了薛宝钗对黛玉和自己家世不幸、同病相怜的诉说:

悲时序之递嬗兮,又属清秋。感遭家之不造兮,独处离愁。北堂有萱兮,何以忘忧?无以解忧兮,我心咻咻。一解。

云凭凭兮秋风酸,步中庭兮霜叶干。何去何从兮,失我故欢。静言思之兮恻肺肝!二解。

惟鲔有潭兮,惟鹤有梁。鳞甲潜伏兮,羽毛何长!搔首问兮茫茫,高天厚地兮,谁知余之永伤。三解。

银河耿耿兮寒气侵,月色横斜兮玉漏沉。忧心炳炳兮发我哀吟,吟复吟兮寄我知音。四解。

韵味酣畅,古风雅致,倒颇类《问菊》和《菊梦》的意思。黛玉看了,不胜伤感。想:"宝姐姐不寄与别人,单寄与我,也是惺惺惜惺惺的意思。"读者思来,既是知音,终归难逃同样的厄运:黛玉泪尽而逝,宝钗虽活着,反倒受了更多痛苦,无异也是一场悲剧。

新婚之夜,宝玉一揭了盖头,见是宝钗,便口口声声说要去找林妹妹。直到屋内点起安息香来,他才睡去,宝钗则一直垂头不语。之后几天，宝玉没精打采，甚至昏迷到垂危，只念着要去和黛玉死在一处，宝钗一狠心告诉他"林妹妹已经亡故了"的时候，谁看见了这简短一句话后那颗早已被揉碎了的心呢？

夜凉如水的晚上，宝钗忽然醒来，却见那人正伫立在屏风外思念黛玉芳魂，眼前纵然是红烛高张、锦被浓熏，却始终掩不住那一刻彻骨的心凉。

后世读者，常有指责宝玉对黛玉死讯太过淡然者，觉得黛玉白白为他流尽了一世眼泪。可要怎样凭悼才能让人满意呢？难道非让他每时每刻念着黛玉的芳名，不吃不喝方才罢休么？那叫宝钗怎么活下去？

哀莫大于心死，宝玉的假意赶考和弃绝而去，已经宣布了宝钗的败局。

她不明白，他怎么能这样没有担当，把个风雨飘摇的家抛下，让她用柔弱的肩膀一力承担？她不明白，在宝玉的心里，为何没有一分所谓的责任，甚至连这个家庭也成了全无挽救意义的存在？天下没有不散的筵席，他早就说过。当一切"化成一股轻烟，风一吹便散了的时候儿，你们也管不得我，我也顾不得你们了"。

宝钗和宝玉，始终在两个世界，没有实现过真正的对话；黛玉和宝玉，虽然懂得彼此心事，却最终不能在一起。这两个女子都可怜可叹，黛玉明显生错了时代，宝钗貌似生对了时代，却同样没能获得幸福。

第三章 惜落花·红尘之伤

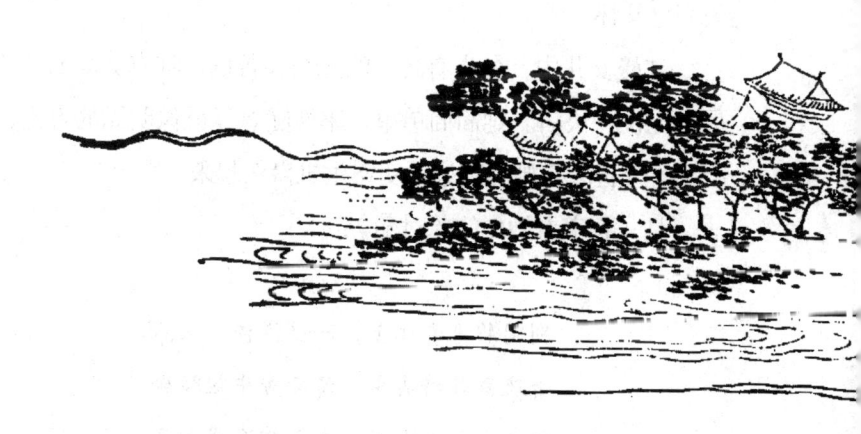

清冷香中抱膝吟·史湘云

"金陵十二钗"中有两个人最爱笑：一个是王熙凤，另一个是史湘云。王熙凤一登场，便是未见其人，先闻其笑声；史湘云在第二十回"王熙凤正言弹妒意，林黛玉俏语谑娇音"中首次出现时，也是在贾母房中大说大笑。不过，王熙凤的笑多是为了调节气氛、逢迎邀宠，史湘云的笑，才是真正发自内心的快乐，令人闻之开怀。

红楼女儿中，各人有各人的无奈和苦恼，唯有史湘云，活得最是无忧和快活。她简简单单、率性随意，就像明媚的春光，令所到之处皆因有她的豁达而变得生机盎然起来。

且一起来看她作的《对菊》：

别圃移来贵比金，一丛浅淡一丛深。
萧疏篱畔科头坐，清冷香中抱膝吟。
数去更无君傲世，看来惟有我知音。
秋光荏苒休辜负，相对原宜惜寸阴。

首、颔两联,写菊花从很远的花圃被移植过来,珍贵如金。它们的颜色深浅相间、浓淡适宜,引人驻足。一位娇俏的少女流连在花圃篱旁,品着清淡的菊香,如男儿般豪爽地除去帽子,抱膝席地而坐,放声吟咏。这少女,正是史湘云。

再看《供菊》:

> 弹琴酌酒喜堪俦,几案婷婷点缀幽。
> 隔座香分三径露,抛书人对一枝秋。
> 霜清纸帐来新梦,圃冷斜阳忆旧游。
> 傲世也因同气味,春风桃李未淹留。

这首、颔两联也是史湘云自己的画像。只见她赏菊兴浓,弹琴饮酒,欣然与菊为伴,书案上放着的菊花,将居室装点得幽雅静美。不仅如此,菊香馥郁,不断地从菊圃小径飘来,赏菊人终于再无心读书,索性丢开书本,凝观菊花,想要把这秋色尽收心底。

一高兴便男儿般抱膝而吟,或干脆地把书一抛,顾自赏菊去了——这样的女孩子,调皮、豪爽、直来直往,举手投足间尽是活泼可爱,难怪历来读《红楼梦》的人,不管是尊林抑薛的或尊薛抑林的,对史湘云都一致怜惜喜爱。

关于史湘云的相貌,曹公竟不着一墨,只借着众人之口说她"只爱打扮成个小子的样儿,原比他打扮女儿更俏丽了些",约略可见其俊美,至于"蜂腰猿臂、鹤势螂形"的身形,也只是在描写踏雪时史湘云穿的衣着才略提一笔。她手脚细长、玲珑有致,分明是如今模特们的身材，虽然并不符合传统的审美趣味，却配极了史湘云那现代感十足的个性。这史大小姐的行事作风，活脱脱一个假小子。

人说贾宝玉"须眉而巾帼"，史湘云则是"巾帼而须眉"。第三十一回"撕扇子作千金一笑，因麒麟伏白首双星"里，薛宝钗回忆史湘云曾经把宝兄弟的袍子穿上，靴子也穿上，额子也勒上，猛一瞧倒像是宝兄弟，以至于把贾母都骗过了，错把史湘云当作贾宝玉呼唤。第四十九回"琉璃世界白雪红梅，脂粉香娃割腥啖膻"里，因为天寒，众人皆锦衣出行，史湘云却穿着貂鼠脑袋面子、大毛黑灰鼠里子里外发烧大褂子，被林黛玉笑作"孙行者"，不见女儿娇媚，颇有几分精干英气。

受了林黛玉打趣，史湘云倒来了兴致。她索性脱了褂子让人瞧里头的打扮，这等爽朗，让人不由得嘴角轻扬。紧接着，众人一起，独不见了史湘云、贾宝玉，原来他二人正商议着"要吃生肉"，林黛玉笑道："今日芦雪广遭劫，生生被云丫头作践了。"史湘云一时不爽，脱口而出："你知道什么！'是真名士自风流'，你们都是假清高，最可厌的。我们这会子腥膻大吃大嚼，回来却是锦心绣口！"

"是真名士自风流。"她一句话就驳倒了林黛玉，于无心处，一针见血地批判了封建道统的虚伪，怪道接话的却是薛宝钗："你回来若作的不好了，把那肉掏了出来。"虽是玩笑话，然红楼无赘语，每一句话、每处细节都是曹公精心安排。此处史湘云的表现，不仅完成了她的人格自白，世人愚见，只因她曾跟薛宝钗一样，劝贾宝玉多见些贾雨村这样"为官作宦"之人，便判她也有心追逐名利，此番话却可驳证了。

史湘云是极反感装腔作势、道貌岸然之徒的。只是心性单纯，又深敬宝钗的她，对宝姐姐所讲道理，多半囫囵吞了，一时盲从，人云亦云地讲了些"仕途经济"的"混帐话"，讨了贾宝玉的嫌，怎的就能说她便是贾宝玉口中"禄蠹"一流了？——此为史湘云一大冤。

作为薛宝钗口中的"话袋子"，史湘云想说就说，从不思前想后而有所顾忌，即使无意中得罪了人，亦是本色不改。大大咧咧、毫不做作，于此豪放之中，史大妹妹又能展现出风味独具的美感来。她的豪情不染粗俗，全然一派魏晋风流。

黛玉葬花，宝钗扑蝶，这两幕经典场景令后世读者印象深刻。作为曹公意下能与钗黛鼎足而峙的史湘云，自然也有一幅自己做主角的美人图。第六十二回"憨湘云醉眠芍药裀"里，史湘云被灌醉后，为图凉快，在山石僻处一个石凳子上躺下就睡，业经香梦沉酣，四面芍药花飞了一身，满头脸衣襟上皆是红香散乱，手中的扇子在地下，也半被落花埋了，一群蜂蝶闹嚷嚷地围着她，又用鲛帕包了一包芍药花瓣枕着，不仅如此失了矜持，甚至嘴里还在说着梦话，嘟嘟囔囔，吟着酒令：

> 泉香而酒洌，玉碗盛来琥珀光，直饮到梅梢月上，醉扶归，却为宜会亲友。

"泉香而酒洌"，语出欧阳修《醉翁亭记》；"玉碗盛来琥珀光"出自李白《客中作》；"梅梢月上"是骨牌名；"醉扶归"是曲牌名。这套酒令，欢聚之喜尽有。史湘云文采风流，梦中亦能呓语成令，且意境如此清丽浪漫，真真令人不能不服了。

　　史湘云的美丽娇憨和洒脱不羁，浓缩在这幅诗一般的美人图里，曹公对史湘云的浓情，也不说自现。第六十三回里，史湘云抽中了"海棠"签，其上一句"只恐夜深花睡去"，出自宋代苏轼的《海棠》："东风袅袅泛崇光，香雾空蒙月转廊。只恐夜深花睡去，故烧高烛照红妆。"苏轼诗中意境幽静且美：微风吹拂着海棠，花朵芳洁幽艳，熠熠生辉，香气融在朦胧的雾里。因恐好花好景难长，诗人秉烛夜赏。苏轼的心境，亦是曹公块垒。史湘云归属薄命司，自然也难逃好景难长的宿命。

　　书中有关史湘云的诗词，不管是她自己所作，抑或是对她命运的谶语，皆多次出现对珍惜眼前美好时光的暗警。譬如前面提到的《对菊》颈、尾两联意境：时序更迭，没有谁能如菊花傲雪欺霜，史湘云却称自己是菊的知己。既如此，花也应知她的心事，于是她对花低语：秋日时光很快就会消逝，当珍惜眼前相聚，切莫辜负这千金难买的光阴。

　　韶华易逝，本是极易令人伤感的意象，史湘云乐观，却想要伸手留住。后来林黛玉重建桃花社，史湘云所填的《如梦令》里，也曾流露这一愿望：

　　岂是绣绒残吐，卷起半帘香雾，纤手自拈来，空使鹃啼燕妒。且住，且住！莫使春光别去。

　　所谓词如其人，史湘云这首柳絮词填得俊逸飘洒、清爽宜人。起句以女性化的用语遣情,将柳絮比作女子刺绣出的绒线花,柔美立出。正是晚春时节,半卷桄帘,眼前香絮飞扬如雾,轻抬纤手便能拈住,然而留不住的是那易逝的春光,倒教杜鹃空啼、北燕空妒。随后笔锋一转,闺怨尽扫,叫停春光,真是至极妙语,颇显得史湘云才思敏捷、风流纵横。连林黛玉读后也不禁称赞:"好得很,又新鲜,又有趣儿!"

史湘云诗才甚高,大有比肩钗、黛之势,常使得"诗状元"林黛玉青眼有加,须知心高气傲的林妹妹可是极少赞人的!史湘云到贾府后,以《白海棠和韵二首》首次展露才华,她一心兴头,等不得推敲删改,一面只管和人说着话,心内早已和成,即随便用纸笔录出,然后就博得众人"看一句,惊讶一句";后来又作菊花诗,《供菊》中"一枝秋"一句,使人感受到了这一季阅不尽的秋色,林黛玉称这句绝妙,将供菊说完,使旁人没处再说,可谓评价极高。

有时候,甚至连林黛玉也感到史湘云诗才的压力。"芦雪广争联即景诗"一回,吃完鹿肉的史湘云果然如她声称那般诗兴勃发,黛玉、宝钗、宝琴三人联手也压她不住;及至中秋夜联句三十五韵时,史湘云如有神助的一句"寒塘渡鹤影"竟使得林黛玉又叫好,又跺足,直道:"叫我对什么才好?"

"我可以记住悲伤的往事,却依然可以活得很快乐。"几米漫画里的这句话委实适合史湘云,阳光女孩的笑容背后,也常常缭绕着一丝丝阴云。她不是没有烦恼,不幸身世堪比林黛玉,甚至比林黛玉更加孤苦。林黛玉虽年幼丧母,好歹被父亲当作掌上明珠疼爱了许多年,而史湘云出生不久就成了孤儿,寄居叔婶家。

"阿房宫，三百里，住不下金陵一个史"，这般绚烂的风光早已不再，寄人篱下，连针线活儿都得亲自动手，史湘云常常不得不忙到深夜。

只有在贾府里，她才能享受些友情和温暖，一提起自家，即刻便红了眼圈。当家里打发人来接她的时候，她眼泪汪汪，当着家人又不敢表现得十分委屈。临行时，她悄悄对宝玉说："便是老太太想不起我来，你时时提着，打发人来接我去。"堂堂史家大小姐，却活得如此拮据委屈，令人生怜。

正如属于她的那首判词：

富贵又何为，襁褓之间父母违。
展眼吊斜晖，湘江水逝楚云飞。

本是最容易得到幸福的乐观性格，在那不能主宰自己命运的时代，偏偏因为家族的衰败，如一只孤飞的白鹤，又像几缕飞云、一湾逝水，带着浓重的暗色，被流年无情葬送。

牛女二星河左右·湘玉情

"这鸭头不是那丫头,头上那讨桂花油。"行个酒令,史湘云打趣着在场的丫头们,被晴雯、小螺等一干人笑骂了一回,轻轻松松逗得大伙儿"越发笑起来"。她俏语娇音,又妙趣横生,果真是枚人见人爱的开心果。

谁不爱天真明快的格调呢?黑云阴雾的笼罩下,忽见一片灿烂的朝霞,必让人眼前一亮,胸中豁然开朗,这抹朝霞也就显得更加绚丽多姿。

在俱是病柳愁花的《红楼梦》中,史湘云就是这一片艳丽的霞光,不但讨得故事里的人物的喜欢,历来读者对这位毫不矫饰的姑娘也是偏爱有加。他们偏爱的方式之一,就是好心地要将她与贾宝玉撮合在一起。

"溪壑分离,红尘游戏,真何趣?名利犹虚,后事终难继。"这是史湘云在暖香坞里制春灯谜时所作的《点绛唇·耍的猴儿谜》。因着结尾那句"后事终难继",众人不解,也有猜是和尚的,也有猜是道士的,待到史湘云把谜底揭开,大家又都笑起来,说:"偏他编个谜儿也是刁钻古怪的。"笑谑之下,满是怜爱。

一群人热热闹闹猜来猜去,最终猜到答案的,便是贾宝玉了。谜底是"耍的猴儿",也就是今天所说的表演猴。让宝玉猜中答案,也是曹公的巧妙安排,既影射宝玉的一生,又影射贾、史、王、薛四大家族衰败没落的命运。

"溪壑分离",是说猴儿离开它原本生活的乐园,被耍猴人驯服,终日做些"红尘游戏"供人观赏,名利都为耍猴人占有,猴子却失去了宝贵的自由,实在是无趣又没意思。"真何趣"一句,正应了宝玉旧作《寄生草·解偈》中"到如今回头试想真无趣"。

何以史湘云和贾宝玉同一个腔调?何以贾宝玉的命运要由史湘云道出?后世读者的浮想联翩终是无关紧要,对贾宝玉身边女性极其敏感的林黛玉,也对史湘云和贾宝玉的关系万分警惕。史湘云确是大观园中一位风采独具的女子,真情胜钗,宽厚胜黛,可谓她们的强劲对手。

那一声声的"爱哥哥",听得林黛玉心惊肉跳,忍不住就要发作,却戴了玩笑的面具:"偏是咬舌子爱说话,连个'二'哥哥也叫不出来,只是'爱'哥哥'爱'哥哥的……"史湘云倒也不甘示弱:"这一辈子我自然比不上你。我只保佑着明儿得一个咬舌儿林姐夫,时时刻刻你可听'爱''厄'去。"

贾宝玉说话并不咬舌,对宝、黛之间的感情,史湘云不是不知情,她故意这么说,一是要驳驳林黛玉,同时也是在表达自己心里的不服:"我与宝玉朝夕相处的时间比你还长呢,别说得宝玉已是你的了似的!"

源于天性的调皮,孩子般的不服气,再加上袭人言辞中隐约一丝挑拨，本来和林黛玉心无芥蒂的史湘云，对如爱人般亲密的宝、黛，态度也渐渐微妙起来。

史湘云心直口快地说破唱戏的小旦模样像林黛玉后，惹得宝、黛大闹别扭。史湘云憋着一肚子气，晚间便命丫鬟收拾衣包，说要回家去。宝玉来劝，她摔手道："你那花言巧语别哄我。我也原不如你林妹妹……我原不配说他。他是小姐主子，我是奴才丫头，得罪了他，使不得！"越说越伤心，越说越生气，话便越失了分寸："少信嘴胡说。这些没要紧的恶誓、散话、歪话，说给那些小性儿、行动爱恼的人、会辖治你的人听去！"

言语辛辣，这也正是史湘云的风格，她见幼时和自己最亲近的贾宝玉现在只顾着和林黛玉亲近，自然不愉快。她与林黛玉怄气，却也不算完全因男女情爱才争风吃醋。

这厢史湘云埋怨林黛玉抢走了哥哥的疼爱，那厢里，林黛玉也受着深重的刺激。

金玉良缘像一个咒语，牢牢地束缚着林黛玉的心。薛宝钗的金锁已让林黛玉十分不安，多了史湘云的金麒麟，她又添了一桩心事。可贾宝玉偏生是个没心眼儿的主儿，偏要把金麒麟拣出来，预备送给云妹妹，林黛玉见了自然焦心，偏贾宝玉又以死表明心迹，她就冷语相向："你死了倒不值什么，只是丢下了什么'金'，又是什么'麒麟'，可怎么样呢？"

倘若就此发展下去，不知《红楼梦》会呈现出怎样一副全然不同的面目来。倘若史湘云也加入了这一场爱情的游戏或战斗，比起钗、黛，她也有自己的旗鼓。然而就在这时，袭人笑嘻嘻地走来说："姑娘大喜呀。"

原来，家中长辈已把她许配给了卫若兰。这个调皮可爱的小姑娘，本只是个稚气未脱的孩子，还未曾动过儿女情肠：

襁褓中，父母叹双亡。纵居那绮罗丛，谁知娇养？幸生来，英豪阔大宽宏量，从未将儿女私情略萦心上。好一似，霁月光风耀玉堂。

宋代诗人黄庭坚的《濂溪诗序》中有言："春陵周茂叔，人品甚高，胸中洒落，如光风霁月。"正是以雨雪后晴的明朗净空比喻周茂叔人品的高洁。而胸怀坦荡的史湘云，也正当得曹雪芹如此评价。这个单纯可爱、情窦未开的少女，忽然就被定了亲事，林黛玉一颗悬着的心算是放下了一半，在贾宝玉和史湘云这里，却还是懵懵懂懂的，并未把它当一回事儿。

说起贾宝玉，但凡每有姑娘出嫁，他必被割去一块肉般难受，但在史湘云定亲这件事情上，他却没有太大的反应。貌似奇怪，却又不难解释：贾宝玉对史湘云终归是纯粹的兄妹情意，在他眼里，史湘云始终是幼时模样，定亲似是遥不可及的事情，贾宝玉心下忖度，总觉不会来得太快。

贾宝玉对林黛玉、薛宝钗、史湘云三人的情感差别，从书中另一细节也可见端倪。同是露出衣袖的一截手臂，对林黛玉，贾宝玉想的是"或者还得摸一摸"；对薛宝钗，他看呆了眼，也隐见一丝爱慕；但是对史湘云，他见她露在被窝外"一弯雪白的膀子"，只怜爱地叹道："睡觉还是不老实！回来风吹了，又嚷肩窝疼了。"然后就赶紧轻轻地替她盖上，俨然一派兄长风范。史湘云起床后洗了脸的水，贾宝玉将就着就洗，洗完还央求她给自己梳头，这些自然的举动，显然源自幼时史湘云寄养在贾母身边那会儿，是兄妹两人早养成的默契，亲密而又纯真，令人不愿将其与复杂的爱情牵扯一处。

史湘云自有属于她自己的故事，与"爱哥哥"无涉：

厮配得才貌仙郎，博得个地久天长，准折得幼年时坎坷形状。终久是云散高唐，水涸湘江。这是尘寰中消长数应当，何必枉悲伤！

这便是属于史湘云的姻缘了。当日史湘云和丫鬟翠缕走着，蔷薇架下碰巧拾着了贾宝玉遗失的金麒麟，因与史湘云所佩小金麒麟竟是一对，惹来林妹妹大为不悦，却不料竟丝毫不与贾宝玉相干。这麒麟，本就不是贾宝玉的，是贾宝玉瞧着正与史湘云的麒麟成配，才从清虚观张道士那儿拣来，预备送给史湘云的，结果还未送出，先就遗失了。脂砚斋批第三十一回"因麒麟伏白首双星"里分明点出："后数十回若兰射圃所佩之麒麟正此麒麟也。提纲伏于此回中，所谓'草蛇灰线在千里之外'。"

射圃，概指清时贵族公子的射猎活动，与史湘云有着千里姻缘的，正是这位射圃的卫若兰。至于贾宝玉得自道士的麒麟如何辗转到了他的手里，又成就了这一对鸳鸯，因曹公原稿遗失，后人再不得而知，但依这阕《乐中悲》的意思，史湘云嫁给"才貌仙郎"卫若兰后，曾享受过一段美好的婚姻，虽短暂却也甜蜜十足。

夫妻间的恩爱，是世间最温情的诗意。譬如宋代女词人李清照和她的夫君，诗词唱和、字墨游戏，金石赏鉴时，彼此交换一个会心的微笑，何等悠游快活！神仙眷侣的逍遥洒脱，怕也不过如此。比起大观园中众姐妹的悲惨境遇，史湘云能得一位疼惜自己的丈夫，实是幸福。她素来率意潇洒，待字闺中时已表现得聪颖敏捷，此时也必肆意绽放。牙牌令上着两个红点，便是："双悬日月照乾坤。"又是："闲花落地听无声。"四个红点，便是："日边红杏倚云栽。"九个红点，又成了："御园却被鸟衔出。"其想象之奇美，非冰雪聪明的她而不能。

琴瑟相和的岁月里，史湘云一定作了许多这样清新的诗句，只是后来曲终人散，忆及言笑晏晏，她心头的痛怕更要增添几分。易安居士如是，史湘云也如是。

史湘云的结局究竟如何？以周汝昌先生为代表，爱着她的人们，认为史湘云与丈夫生离死别后，历经磨难，在颠沛流离中偶与贾宝玉重逢。后来史湘云与贾宝玉相互扶持，结为患难夫妻。这样结局，倒是三分慰藉，然而恐怕并不合曹公心意。

"白首双星"究竟做何解，一直是红学家们争执不下的论题，但有一点毋庸置疑：因属归薄命司，当史湘云感叹着"幼年时坎坷形状"终于由眼前的幸福美满暂得补偿时，"云散高唐，水涸湘江"的遭际又再次将美梦击碎，史湘云与卫若兰终为外力拆散。许是家败发配流放，许是横遭棒打鸳鸯，不得而知。总之直到双方白了头，他们再也没能重逢。

不是牛郎牵牛的盈盈一水之间，便是参商散落的死生不复得见，"双星"在传统的语境里，总是个相伴无望的意象。即使乐天如史湘云，有着"这是尘寰中消长数应当，何必枉悲伤"的豁达，也免不了黯然神伤。这一派惨淡的光景，竟似在她早年所写的《菊影》中已有伏笔：

秋光叠叠复重重，潜度偷移三径中。
窗隔疏灯描远近，篱筛破月锁玲珑。
寒芳留照魂应驻，霜印传神梦也空。
珍重暗香休踏碎，凭谁醉眼认朦胧。

菊影朦胧之美，由全诗遣词精心铺陈开来。首、颔两联状物逼真，细腻多姿，颈、尾两联想象丰富，脉脉含情。史湘云天真地猜想：菊魂应驻菊影之中，不知菊魂可也会做梦？倘若做梦，但愿凭谁也休要踏碎她的好梦……

菊影芳姿，史湘云当然希望它能够常驻，无奈菊影终归是菊影，愿望也跟梦一样，空幻而不现实。纵然史湘云妥善珍藏着当日相聚的美好时光，唯恐将这美好打碎。菊影朦胧，回忆渐逝，醉眼看花花朦胧，到最后，竟都只剩了白茫茫一片虚空。

天生孤僻世难容·妙玉

妙玉是"金陵十二钗"里的异数,既非贾府的小姐,亦非近亲远戚,主不主,客不客,面上看起来,不过是应着元妃省亲的热闹,被请进大观园里的小尼姑,点缀着"烈火烹油、鲜花着锦之盛",与同时被招进园子的十二个唱戏女旦区别并不大。然而,正是这位连姓氏都没个交代的尼姑,竟占了正册第六的重要位置;又因前八十回里关于她的文字少之又少,高鹗所续的后四十回又敷演得浑不对滋味,如此便与秦可卿等人一起,成了《红楼梦》中最神秘的女子之一。

外有一个带发修行的,本是苏州人氏,祖上也是读书仕宦之家。因生了这位姑娘自小多病,买了许多替身儿皆不中用,足的这位姑娘亲自入了空门,方才好了,所以带发修行,今年才十八岁,法名妙玉。

这是妙玉的首次登场,在书中第十八回"荣国府归省庆元宵"中。人没有露面，只是借由林之孝家的向王夫人的回话，便已知并非简单人物。因她说了一句"侯门公府，必以贵势压人，我再不去的"，竟为自己铺了一方红毯，必得王夫人亲命下帖去请，还遣人备轿去接，这一"请"一"接"之间，倒像贾府有求于她。妙玉的清高孤傲，在她一出场时便约略可见。

她清高到什么地步？便是连栊翠庵外最清高的黛玉也望尘莫及。清高的黛玉，也终究还有玩笑打趣的时候，而妙玉少有情绪流露，只一气续了几个联句，黛玉便要纳闷"从来没见你这样高兴"！

属于妙玉的那支《红楼梦》曲，开头是这样唱的：

气质美如兰，才华阜比仙。天生成孤癖人皆罕。你道是啖肉食腥膻，视绮罗俗厌；却不知太高人愈妒，过洁世同嫌。

这支曲子题为《世难容》，正说的是妙玉美貌高才，却最难亲近。她超凡脱俗，嫌肉腥膻，嫌绸缎俗艳，以致"太高人愈妒，过洁世同嫌"。与妙玉有十年之交的邢岫烟说她"放诞诡僻"，与她个性最接近的林黛玉也认为她"天性怪癖"，一向赞同林妹妹又受邢岫烟影响的贾宝玉，对她的评价也是"为人孤癖，不合时宜"，就连一向最温和从容的李纨也脱口而出"可厌妙玉为人，我不理他"。她行事乖僻，常与世俗礼仪悖谬，对此，妙玉自己也是知道的，是以自评为"畸人"。

书中第四十一回"栊翠庵茶品梅花雪"里，妙玉正式亮相。当日贾母带了刘姥姥等人，径往栊翠庵里来，妙玉"忙接了进去"，热情地沏茶款待众人，倒也无甚特别的地方。只是趁着其他人未注意，她把宝钗和黛玉的衣襟一拉，三人自顾自地到耳房内享用体己茶去了，却撇下外面一干重要的客人。妙玉的孤洁自傲与不合流俗，又露端倪。

　　时时留心着黛玉的宝玉，见状自然也跟了来。妙玉取出珍贵的茶器招待他们三个，正一心陶醉在自己"一杯为品，二杯即是解渴的蠢物，三杯便是饮牛饮骡"的茶论里，黛玉却突然问了一句："这也是旧年的雨水？"一听这话，妙玉毫不留情地冷笑道：

　　你这么个人，竟是大俗人，连水也尝不出来。这是五年前我在玄墓蟠香寺住着，收的梅花上的雪，共得了那一鬼脸青的花瓮一瓮，总舍不得吃，埋在地下，今年夏天才开了。我只吃过一回，这是第二回了。你怎么尝不出来？隔年蠲的雨水那有这样轻浮，如何吃得。

　　竟然嘲讽平日里最是自命不凡的林黛玉，竟然批她是个"大俗人"，妙玉这一串话，真可谓林妹妹素来未曾遭蒙的极大委屈，何况还是当着贾宝玉的面！读者读到此处，便以为林黛玉定要一番哽咽，不由得替妙玉捏了一把汗。哪知林黛玉竟显出了难得的豁达胸襟，"黛玉知他天性怪僻，不好多话，亦不好多坐，吃完茶，便约着宝钗走了出来"。

　　连大雅的黛玉都被贬白了，乡村鄙妇刘姥姥就更是入不得妙玉的眼。刘姥姥用过的茶杯，妙玉嫌脏不想要了，宝玉央她送给这"贫婆子"时，妙玉犹豫一番倒是答应下来了，但又说道："幸而那杯子是我没吃过的，若是我吃过的，我就砸碎了也不能给他。"似乎把自己用过的东西给了刘姥姥，就会玷污了自己高洁的品性一样，即使是一盏贵重的"成窑五彩小盖钟"，妙玉也全不觉得可惜。

之后，宝玉讨好地问妙玉："等我们出去了，我叫几个小幺儿来河里打几桶水来洗地如何？"妙玉回答："这更好了，只是你嘱咐他们，抬了水只搁在山门外墙根下，别进门来。"再到贾母等人离开时，妙玉并不挽留，只送出山门，"回身便将门闭了"。寥寥几笔，却于细节处见妙玉性格，她的心高气傲、目中无人跃然纸上，全是一副冷雪美人面容。

人人生来皆有棱角，有的人自愿在岁月的磨砺中将之磨平磨圆，以免伤害他人，妙玉的特别处，在于她对自己那锋利的棱角无比珍视。

因着这份锐利的孤傲，众人大都与妙玉保持着距离，唯有个贾宝玉，关心她的冷热悲欢，那洞若观火的眼神，莫非是因为当日神游太虚幻境时正册上所记载的那页因果？题诗旁的画上，有一块美玉偏偏落在泥垢里，正是妙玉。

整个大观园里，除贾宝玉和林黛玉，只妙玉的名字里同有"玉"字，想来颇有些蹊跷。有个丫鬟本名林红玉，说因与林黛玉重了"玉"字，硬被更了名。难道只因妙玉并非贾府中人，所以才没人同她计较名字里的忌讳？又因她的来历神秘，一连拿出好几样贾府都未必有的珍贵器物，不由得叫人更是好奇。

整部书中，最浓墨重彩被交代的出家人便是妙玉，偏她也是

第三章 惜落花·红尘之伤　77

唯一一个被迫出家的，她的出家始末，与林黛玉早年际遇颇有些相似。林黛玉生来多病，"从会吃饮食时便吃药"，后来有僧道要度她出家，但终因父母难舍而未能成行；林之孝家的早有交代，妙玉也是自小多病，并且终于为了祛病求长寿而入了佛门。

虽遁入空门，她也俨然一副万事不动心的超凡姿态，但她的人生亦如她的名字，虽有"妙"字超脱，"玉"字却还是难离红尘。于是《世难容》中又道：

可叹这，青灯古殿人将老；辜负了，红粉朱楼春色阑。

妙玉"文墨也极通，经文也不用学了，模样儿又极好"，却只与两个老嬷嬷、一个小丫头为伴，整日枯居在几乎被人遗忘的角落。栊翠庵外姹紫嫣红开遍，却与她全无关系。她的大好青春，全都付与了眼前的青灯古佛，怎不令人唏嘘遗憾。

人迹罕至的栊翠庵，元妃曾亲题一匾曰"苦海慈航"。佛门的清静庄严，却度化不了妙玉身处世外、心在凡尘的微妙心境。"菩提本无树，明镜亦非台，本来无一物，何处染尘埃"的大境界，于妙玉，是并不曾挂心的。

且看妙玉第二次正面出场，这是在第七十六回"凹晶馆联诗悲寂寞"里。林黛玉方吟出"冷月葬诗魂"，一语未了，一个人从栏外山石下转出来，口里说着："好诗，好诗，果然太悲凉了。不必再往下联。"这人正是妙玉。不知为何，那晚妙玉兴致极高，邀了黛、湘二人到栊翠庵里谈诗，推让互谦之间，她竟说出这样一番话来："如今收结，到底还该归到本来面目上去。若只管丢了真情真事且去搜奇捡怪，一则失了咱们的闺阁面目，二则也与题目无涉了。"林黛玉和史湘云是待嫁闺女没错，而妙玉一个出家人居然自称"闺阁"之人，实在怪异，黛、湘听了她的话，不仅未驳一二，反而"皆道极是"，真是令人摸不着头脑。

妙玉尘缘未断，又鄙视世俗。她自称"槛外人"，皆因汉晋五代唐宋以来，她只欣赏一句"纵有千年铁门槛，终须一个土馒头"。原来，她只是想要用一道铁槛，与俗厌的人群划清界限。如此，既不流于俗世，又不肯真正遁世，她的心，终究是无处安放的。

然而这样安于边缘流落的妙玉，她的人生究竟落了怎样的结局？这便也是妙玉最神秘之处了。

到头来，依旧是风尘肮脏违心愿。好一似，无瑕白玉遭泥陷；又何须，王孙公子叹无缘。

高鹗续书，依着梦曲的意思，为妙玉安排了一段不堪故事，煞了风景。却不知曲中"肮脏"，并非常用污秽不洁之意，而是取用古意，指抗争不屈。但按曹公筹谋，究竟是怎样的一番抗争，因前八十回对她着墨太少，实难探知。只按靖藏本第四十一回"他日瓜洲渡口，各示劝惩，红颜固不能不屈从枯骨"的脂批，妙玉作为关键的收束人物，重头戏本该在后头，这时，便又不由让人深恨原稿散佚，芳踪难寻了。

犹记贾宝玉梦游太虚幻境，正册中写妙玉的那首判词已预兆了她的尘劫难逃：

欲洁何曾洁，云空未必空。

可怜金玉质，终陷淖泥中。

　　意欲不食人间烟火，无奈身在凡尘浊世，不管是梦曲里的"风尘肮脏"，抑或是判词里的"终陷淖泥"，都是在写妙玉之悲。沦落风尘，横遭祸端，这本不该是妙玉这样品行雅洁的女子该有的结局，可这一卷《红楼梦》，本就是浸润着辛酸血泪而来的，玉石俱损，已是必然。

王孙公子叹无缘·宝妙缘

她是带着骄傲，还有十八年的经历以及十八年来不容于世的痛苦走进大观园的。

本是官宦人家的小姐，因自幼多病而入了空门，不久便父母双亡，最初在苏州蟠香寺修行，因时宜不合、权势不容，便以欲睹"观音遗迹并贝叶遗文"为借口，随师父去了金陵，住在牟尼院里。后来，她便成了栊翠庵里的女尼妙玉。

书中说妙玉是为了观音遗迹、贝叶遗文而进京，倒不如说她其实是为了寻求品性高洁、古风犹存的知己而来。这样的知己，她果真遇到了——便是贾宝玉和林黛玉。这是妙玉之幸，也是妙玉之不幸。

若说潇湘馆的根根翠竹代表了林黛玉的孤高自许，那栊翠庵的枝枝红梅就象征着妙玉的一身傲骨。后人常说妙玉可看作林黛玉的分身，她们身上确有种种相似：身世、品貌、气性、才华，一样的神仙风骨，一样的锋芒毕露，怪道二人此前并无交往，但一眼之下便可将对方引为知己。

品茶时，妙玉张口就讽刺她"你这么个人，竟是大俗人"，刻薄言辞之下又自有对林黛玉的了解；素日里最小心眼儿的黛玉，听了妙玉的话却能安之若素。若非知音，两人又焉能如此相处？

妙玉和林黛玉一样，外冷内热，于一干俗物，正眼也不扫一眼，而对真正的知己，刹那间便亲近随和得仿佛换了一人，是而有前面的邀茶。中秋的夜晚，黛、湘联诗，妙玉也来了，还主动邀请道："快同我来，到我那里去吃杯茶，只怕就天亮了。"回到栊翠庵，妙玉取了笔墨纸砚，应黛玉之邀，续联了十三韵：

香篆销金鼎，脂冰腻玉盆。
箫增嫠妇泣，衾倩侍儿温。
空帐悬文凤，闲屏掩彩鸳。
露浓苔更滑，霜重竹难扪。
犹步萦纡沼，还登寂历原。
石奇神鬼搏，木怪虎狼蹲。
赑屃朝光透，罘罳晓露屯。
振林千树鸟，啼谷一声猿。
歧熟焉忘径，泉知不问源。
钟鸣栊翠寺，鸡唱稻香村。
有兴悲何继，无愁意岂烦。
芳情只自遣，雅趣向谁言。
彻旦休云倦，烹茶更细论。

这是妙玉在全书中的唯一作品。她的本意是要将湘、黛适才联及"寒塘渡鹤影,冷月葬诗魂"的悲凉调子翻转过来,故在雄鸡报晓、晨钟鸣响上着墨,却还是事与愿违,诗中仍然触目尽是凄凉:嫠妇悲泣、露浓苔滑、霜重竹冷、众鸟飞散、清猿哀啼……如同自此便愈加衰落的贾府,充满凄惨的色调。

妙玉搁笔,黛、湘"皆赞赏不已":"可见我们天天是舍近而求远。现有这样诗仙在此,却天天去纸上谈兵。"得二人如此评价,到底不负妙玉的处处过人。

历来读《红楼梦》者,无不困扰于妙玉续诗的深意。妄自揣度,妙玉在这一回里的出场,其意义重在"续"字,不仅续了诗,还将在以后续写与宝、黛的知音缘分。

当晚黛、湘离开时,妙玉送至门外,看他们去远,方掩门进来,与之前送别贾母一行人的表现全然不同,可见这不同之人在她心里的轻重分量。尤其林黛玉,更得妙玉看重。不论品茶时也在一旁的薛宝钗,还是联句时活泼喜人的史湘云,似乎都只是陪衬,全是因为沾了林黛玉的光,才能得到妙玉的格外优待。是以在这两个场合下,几乎都只有林黛玉和妙玉在对话。

妙玉眼光甚高,一般情事尽不入她眼,整座大观园里,她肯去交往的不过贾宝玉、林黛玉、邢岫烟、贾惜春几人而已。与邢岫烟亲近,源自"他乡遇故知"的安慰;贾惜春来访一段,出自高鹗于笔,是否符合曹公的心意尚有待斟酌。至于其他人,妙玉常常是连看都不愿意看一眼的。

当日茶品梅花雪,妙玉拉了林黛玉,自信贾宝玉一定会跟来,机算如此,真如她自题那句"歧熟焉忘径,泉知不问源"。宝、黛相知,林黛玉又与妙玉引为知音,贾宝玉的心,也是能与

第三章 惜落花·红尘之伤　　83

妙玉相通的。

可是，因着《世难容》曲子中一句"又何须，王孙公子叹无缘"，高鹗便认为妙玉暗恋贾宝玉，故在续书里，使妙玉害起了相思病，见到贾宝玉就脸红，甚至走火入魔，终因内虚外乘，被强盗用熏香闷晕劫去，再因不从被杀。最终，她不仅受辱，尸体还被弃置道旁，引人来看，实在可悲可怜。这段读来，浑不像千古奇书《红楼梦》，倒如同路边摊上的桃色情杀录，让人难以接受。

执高鹗一说者着实不少，且都言之凿凿。他们从书中细节里得出妙玉爱慕贾宝玉的结论，譬如品茶时，递于钗、黛的皆是别致古玩，贾宝玉也要喝茶，妙玉就"将前番自己常日吃茶的那只绿玉斗来斟与宝玉"——须知妙玉是爱洁成癖之人。为遮掩心思，她还假意说道："你这遭吃的茶是托他两个福，独你来了，我是不给你吃的。"看上去自相矛盾的话里，似乎果然包藏着一颗深深爱慕贾宝玉的心。

但这一幕也可做其他解读。以妙玉的玲珑心思，此番未必不是在试探贾宝玉。因平日里听多了他的事迹，已在心中将他认定为同道中人，现在有了正面接触的机会，自然要"试玉"，这正是邢岫烟似有深意所道的"闻名不如见面"，何况林黛玉也在场，妙玉更可心怀坦荡地去观察这位不同常人的宝二爷。面对妙玉的揶揄，贾宝玉回答的是："我深知道的，我也不领你的情，只谢他二人便是了。"对这样的回答，妙玉显然很满意："这话明白。"从此将他引为同类，以心相待。这才有了第五十回里，宝玉因诗做得不好，被李纨罚到栊翠庵讨红梅，宝玉成功讨得了梅花，甚至第二次再去时,妙玉还高兴地分送每人一枝红梅。

> 酒未开樽句未裁,寻春问腊到蓬莱。
> 不求大士瓶中露,为乞嫦娥槛外梅。
> 入世冷挑红雪去,离尘香割紫云来。
> 槎枒谁惜诗肩瘦,衣上犹沾佛院苔。

这首《访妙玉乞红梅》是当日红梅诗中最后一首,系宝玉被罚讨梅归来所作。彼时邢岫烟、李纨、薛宝琴的三首诗已然出炉,博得众人好评,急性子的史湘云以铜火箸击火炉,要求鼓绝而诗成,贾宝玉的处境,真有如曹植的七步之危了。所喜宝玉终究不凡,赋得这首优美的叙事诗,首联"访妙玉",颔联"乞红梅",后二联中他便持梅而归,全诗章法井然,气韵流畅,可谓不俗。

开篇徐徐入题、娓娓道来,只说酒还未开,诗还未裁,黛玉虽道"起的平平",却也知佳句有望;果然次句"寻春问腊到蓬莱"大有冬日寻春的雅味,又把妙玉居所比作蓬莱仙境,自是一番不露声色的恭维,黛、湘皆赞"有些意思了"。颔联对仗工巧,直道来意,尊妙玉为"大士""嫦娥",难怪妙玉会心情舒畅地慷慨赠梅。颈联为求协韵,将两句顺序颠倒,以"离尘"对"入世",伴随着梅花"紫云""红雪"一般的芳姿,宝玉求梅而来、得梅而去的画面便被勾勒出来。尾联写宝玉虔诚地携梅而行,归来后衣上仍沾着佛院的青苔,流露出他对梅花的挚爱,还有对妙玉的感激。

除却奉盏一段，宝、妙交往，再有"寿怡红群芳开夜宴"一回中妙玉的表现，也历来让人说道。一个女子，何况还是个出家人，为过寿的男子送了贺帖："槛外人妙玉恭肃遥叩芳辰。"所选的信笺还是粉色的，倒真是如邢岫烟口中的"僧不僧，俗不俗，女不女，男不男"了，宝玉本人也吃了一惊，"直跳了起来"。他坐立不安，唯恐回得俗厌，辜负了妙玉一番好意，于是他想去请教黛玉，半路遇见岫烟。邢岫烟是妙玉的"贫贱之交"，深知妙玉为人，一番指点之下，宝玉回了"槛内人宝玉熏沐谨拜"，妙玉见后果然欣喜，深幸自己眼光无错。

如此说来，品茶、讨梅、拜帖，宝、妙之间的相会相知，尽是淡如清水的君子之交，有情如此，也止情如此。世间诸事，不是非要扯上男女私情才能讲通，何况妙玉为人，原本就不属于这污浊的尘世。

当日贾宝玉梦游太虚幻境，见过四位仙姑，其中一位名度恨菩提。许多红学家都认为度恨菩提就是妙玉。她以出家为盾，超然世外，因而在宝玉乞红梅的时候，即使黛玉一向对宝玉身边的女子们多敏感顾虑，却也劝阻李纨不要派人跟着宝玉，只让他一个人去。若非甚知宝妙其人，心量狭小的林妹妹，真做不出这样的事来。

那么，"王孙公子叹无缘"究竟应做何解呢？书中与妙玉有牵绊的"王孙公子"，似唯宝玉一人，无怪乎人多以为"妙玉爱宝玉殊深"。诚然，妙玉视宝玉为有缘人，但这"缘"却非男女之缘，而是佛语中缘。在茫茫人海中，走过万千路，蓦然回首，知音正在灯火阑珊处，这种纯洁美好、超凡脱俗的情意，绝非世人想象的那般凡俗。

至于后日瓜洲渡口，妙玉与宝玉将会有怎样的机缘，我们固然无法得知，但妙玉终陷泥淖的悲剧运命，却早已伏在曹雪芹设下的线索之中。

便无怪乎高鹗有续书中第八十七回"感秋深抚琴悲往事"一段文字，叙妙玉与贾宝玉听林黛玉抚琴一事。那黛玉低吟琴曲道：

风萧萧兮秋气深，美人千里兮独沉吟。望故乡兮何处，倚栏杆兮涕沾襟。山迢迢兮水长，照轩窗兮明月光。耿耿不寐兮银河渺茫，罗衫怯怯兮风露凉。

宝、妙二人赏了一回，都道调子太悲了，却闻里头林黛玉忽作变徵之声，妙玉惊呼："音韵可裂金石矣。只是太过。"贾宝玉问："太过便怎么？"妙玉答："恐不能持久。"话音刚落，就听得"君弦蹦的一声断了"，琴音顿止，妙玉起身就走。贾宝玉询问，她道："日后自知，你也不必多说。"

从林黛玉的琴声中，妙玉似已料到林黛玉将不久于世，而她自己何尝不也一样如同林黛玉最后所吟：

人生斯世兮如轻尘，天上人间兮感夙因。感夙因兮不可惯，素心如何天上月。

人生一世，如天地微尘，因果前缘若终有数，奈何徒留人踟蹰徘徊，感怀忧郁不可断绝。黛玉所抚琴曲，固然是在预言自己的命运，而这诗却也为了妙玉而吟。

　　等到预兆成真，林黛玉仙逝、贾府被抄，妙玉失了依靠，只挂念着流落在江南的贾宝玉。师父临终前嘱咐她"衣食起居不宜回乡，在此静居，后来自然有你的因果"，可妙玉终究还是违背了师父的谆谆告诫，决然南下，最终在颠沛辗转中死于瓜洲渡口。或许，她死前真的遇到了贾宝玉，二人相对垂泪、空叹"无缘"；又或许，她再也没能见到旧时知音，只能叹一句"无缘"。

　　红楼未完，人生大恨，曹公原意，妙玉真正的造化如何，只能留与后世读者，竞相引证，各各思量了。

第四章 叹无常·春光难长

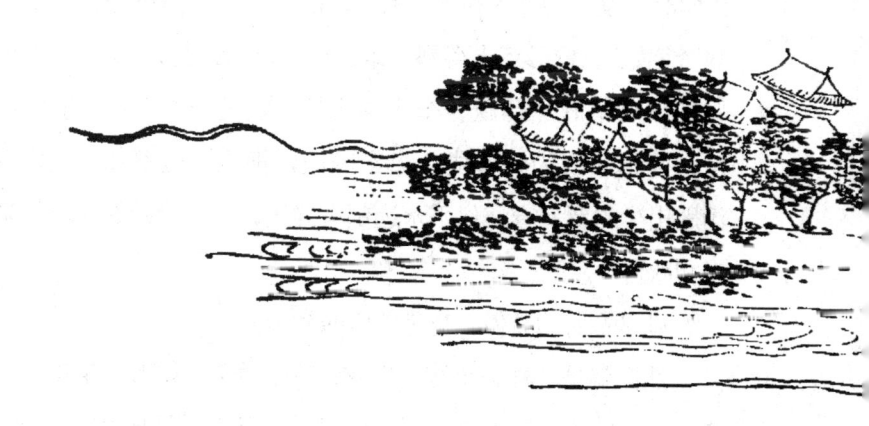

芳魂消耗万事抛·贾元春

贾元春是贾政与王夫人的长女，贾宝玉的胞姐，因出生于大年初一，得名"元春"。她的诞生如一份礼物，为当年新春喜庆又多添了一份吉祥。是夜，为着天降一位福相的小姐，贾府必是欢天喜地、礼炮轰鸣。

这位大小姐倒也确实不凡。二十岁时，她"因贤孝才德，选入宫作女史"，到书中第十六回，已被"晋封为凤藻宫尚书，加封贤德妃"。贾母等人得到喜讯，自然喜气盈腮；"宁荣两处上下里外，莫不欣然踊跃，个个面上皆有得意之状"。贾家世代勋臣，此刻又因为元春成了皇亲国戚，地位更是不凡了。含着金汤匙出生的贾元春，似乎永远都有好运，总能给她的家族带来荣光和欣喜。

她是贾府的骄傲，也是贾府的靠山。

然而就是这样一个嫁入皇室，享尽尊荣，得万千艳羡于一身的女子，仍被归入了薄命司，位列正钗第三。图册之中，属于她的那首判词是这样写的：

>二十年来辨是非，榴花开处照宫闱。
>
>三春争及初春景，虎兕相逢大梦归。

这首诗隐晦难解，或是曹公刻意为之——因为影射到当时的政治派系斗争，传世又多有删节，故而诗中寓意成了让后人久执不下的困局。不过，"三春争及初春景，虎兕相逢大梦归"的调子，明明白白充满了悲剧意味：三春过后，繁花落尽，好景难长不由人，荣耀顿成过眼云烟。宫廷争斗如野兽奔突，许是因为站错了队，许是误成了他人的棋子，总之，在那座消磨了青春、禁锢了自由的皇宫里，元春后来孤苦无依，泣诉无门，凄凉地结束了一生。

巍巍皇宫，葬送了多少红颜韶华，正是"华月千重光，妃泪染宫墙。世上荣华尽，兰隐一段香"。皇家富贵，让世人为之癫狂，只是那表面风光不知掩盖着多少人心里的暗伤，大内生活并不如世人想象般美好，举眉弥望处，处处尽是死寂窒息。

想来当年初入宫廷时，元春定也怀着懵懂的希望，怀着光宗耀祖的志向，用清澈的眼光，好奇又敬畏地仔细打量着庄严恢宏的皇家气派。她幻想着有朝一日得侍君侧，居一人之下、万人之上，方才不负举族期待。

等到后来她真当上了贵妃，回家省亲时，尽管家礼相见，但分隔许久的父亲竟也只能隔帘含泪相望。元春不禁动情地对父亲哭诉："田舍之家，虽齑盐布帛，终能聚天伦之乐；今虽富贵已极，骨肉各方，然终无意趣！"听了女儿的话，贾政虽然心酸，但仍只回了一串官话，仍是盼着"贵妃切勿以政夫妇残犁为念，懔懔金怀，更祈自加珍爱。惟业业兢兢，勤慎恭肃以侍上，庶不负上体贴眷爱如此之隆恩也"。

在宫廷剧《甄嬛传》里，甄嬛将进宫时，她的父亲嘱咐道："爹不求你攀上多高的高位，只求你平安一生。"再观贾政，越到高位越是小心谨慎，他自然也盼着女儿平安喜乐，但更盼着借元春之势得到恩宠。毕竟，慈父的角色并不适合他，他更像是一个权力动物。

元春是背负着整个家族的期待进的宫。皇宫是什么样的地方呢？用元春自己的话说，是个"不得见人的去处"，每天都有争斗，无休无止，每日都有人死，无穷无尽。在那高高的红墙里，她唯有依靠自己，只有争宠才能生存。她想要成功，就要不择手段，此外别无他法。秦可卿是当今圣上政敌的后代，揭举她，是元春邀功的绝佳机会。元春的告密是注定，秦可卿的死也是注定。

却无论怎样做，原来皆是徒劳。元春这一生，终究也是不值得。临了，什么都没有了。

> 能使妖魔胆尽摧，身如束帛气如雷。
> 一声震得人方恐，回首相看已化灰。

这则灯谜诗，出自书中第二十二回"制灯谜贾政悲谶语"。正月十五上元佳节，元春作了这首灯谜，谜底是"炮竹"。爆竹声声，伴随着元春的出生，以及她人生的鼎盛。诗的每一句似乎都在诉说她的命运：那绢帛紧束的炮竹，仿佛就是宫腰袅楚的元妃，得宠时声势烜赫，一朝失势遂碾落成灰。

"能使妖魔胆尽摧"的如雷声势，说的正是元春封妃后的赫赫气派。为了迎接贵妃归省，贾府大兴土木，营建园林，"各行匠役齐集，金银铜锡以及土木砖瓦之物，搬运移送不歇"，又是"堆山凿池，起楼竖阁，种竹栽花"，又是聘请教习，到江南采买女孩子，置办乐器行头，排演出了"二十出杂戏来"，又是"各处古董文玩，皆已陈设齐备"，又是"采办鸟雀的，自仙鹤、孔雀以及鹿、兔、鸡、鹅等类，悉已买全"，全府上下奔忙，总算落成一座"金门玉户神仙府，桂殿兰宫妃子家"。直惹得元妃不禁三次感叹"奢华过费"，遂在归省之时，为园子取名"大观"，并赋一首《题大观园》，大叹此园的精美难状：

衔山抱水建来精，多少工夫筑始成。
天上人间诸景备，芳园应赐大观名。

仅此还不够，且不说贾政与贾母检点得"再无一些遗漏不当之处了"，"方择日题本"，请准归省；也不说归省前七八天，"就有太监出来先看方向"，"又有巡察地方总理关防太监等，带了许多小太监出来，各处关防，挡围幙"，指示贾宅"种种仪注"，外面还有"工部官兵并五城兵备道打扫街道，撵逐闲人"。一直忙到元妃归省的前一晚，一切俱已准备妥当。"这一夜，上下通不曾睡。至十五日五鼓，自贾母等有爵者，皆按品服大妆。园内各处，帐舞蟠龙，帘飞彩凤，金银焕彩，珠宝争辉，鼎焚百合之香，瓶插长春之蕊，静悄无人咳嗽"。贵妃的出场，已有"一声震得人方恐"的声势——贾赦领全族子侄在西街门外,贾母领全族女眷在荣府大门外迎接,从早上直等到黄昏,繁文缛节一套接一套,元妃这才"千呼万唤始出来"。皇家威仪,令人敬畏;贾府权势,一时盛极。

然而,当流星划过,绚烂便成昨日,就像秦可卿梦中托言,"登高必跌重",兴隆不过昙花一现,"回首相看已化灰"。难怪属于元春的那一支梦曲,题为《恨无常》。

　　喜荣华正好,恨无常又到。眼睁睁,把万事全抛。荡悠悠,把芳魂消耗。望家乡,路远山高。故向爹娘梦里相寻告:儿命已入黄泉,天伦呵,须要退步抽身早!

"无常"原是佛家语,人生即生即灭,悲欢生死俱是无定,后来又被传为是勾人魂魄的地府衙役。元春带来的喜乐荣华,就像是贾府这将死之躯的回光返照,最终又随着元春之死一并归了阴司。脂评中曾说,元春之死与贾府之败皆是"通部书之大过节、大关键",务须慎重待之,可是在高鹗续书里,元妃的死因却是"圣眷隆重,身体发福","起居劳乏,时发痰疾"加之外感风寒而致,仿佛连死都不忘称赞"皇恩浩荡",着实有悖于曹雪芹的原意。

据梦曲的内容,元春之死非但不可能是"圣眷隆重",反倒是失宠见弃。在几千年宫廷史里,这恐是最常见的戏码了。三宫六院、粉黛三千,纵然身居皇妃高位,但是生是死,是贵是贱,无非取决于帝王心思。

元春的生命，还有元春的家族的利益，都只在皇帝的一念之间，他可以赐予一切，也可以随时拿走一切。她就像皇帝随意把玩的一只风筝，注定高飞也注定孤独。皇帝既可以牵着那根线任她畅意飞翔，也可以随时放手，剪断她的依托，也斩断她的幸福，而她只能领受。

难测的岂止是圣意，后宫从来不是安宁的净土，元春必须每日打起十二分精神去应付，步步为营，仍旧步步惊心，怪道她回家见到亲人，不是"呜咽""哽咽"，就是"泪如雨下"。宫中生活之苦闷忧心，真是让人有口难言。

她没有自由，又很寂寞。自打入宫那天起，她就已不再是她自己了，一朵只能开放在皇宫里的宫花，一旦失宠，一旦遇劫，偌大的皇宫，却又能求助何人呢？便只有叹一声"望家乡，路远山高"，"眼睁睁，把万事全抛"，宫怨一片，便也随着那"芳魂消耗"，就此飘散无处了。

也许在临死前，元春终于看透了一切，于是才不顾山高路远，"向爹娘梦里相寻告"：请双亲告老隐退，或许还有一条活路。可惜这终归只是梦中所愿罢了。元妃薨逝后，贾家顿失靠山，积攒多年的罪恶也被一一清算，"家亡人散各奔腾"。人去物衰，一切成幻成空。君王令下，大梦方醒，原来冥冥中一切早有定数。

只是省亲时元妃的题匾"顾恩思义"还在，不过那时感恩戴德的心情，后来已全被恐惧冰冷的心悸取代。

天地启宏慈，赤子苍头同感戴；

第四章　叹无常·春光难长

古今垂旷典，九州万国被恩荣。

　　随着抄家的官兵粗暴地将这匾额摔到地下，胡乱踩踏，昔日君王的恩情也终于似那溅起的烟尘一样随风而散了。

　　"一会子我去了，又不知多早晚才来！"省亲那晚，元春离开时的话音犹在，可这一去，已成永诀。

　　罢了罢了，世事一场大梦，人生几度秋凉。一切都将随着人的逝去烟消云散。且盼画面定格在元春初入皇宫时，石榴花开得正艳，美丽的女子穿行其中，人比花艳，阳光正好，她心中还有爱与希望，若能如此，已是极好。

侯门艳质同蒲柳·贾迎春

> 子系中山狼,得志便猖狂。
> 金闺花柳质,一载赴黄粱。

　　有着这样清晰的判词,再配上一幅恶狼追扑的绘画,贾迎春的一生,在"金陵十二钗"里,最缺乏神秘色彩,却也最悲惨。她的故事,已由曹公用前八十回基本理清:匆忙嫁与孙家,不久饱受凌虐而死,这也是高鹗续书离题不远,但尚可过关的原因。

　　在前八十回中,围绕着迎春的出嫁,便已透出了些不祥的气氛,到高鹗接手后的第一百零九回"还孽债迎女返真元",续作者便黯黯送迎春赴了黄泉,这位金闺小姐,就此结束了自己悲惨的一生。

　　"孙"字繁体为"孫",由判词中"子系"二字构成,曹公一语双关,暗指迎春所嫁的孙绍祖。不知孙绍祖到底如何,竟然就被曹公称作了"中山狼"。

　　第七十九回"贾迎春误嫁中山狼"中介绍,孙家祖上系军官出身，乃当日宁荣府中之门生，也就是说，贾府于孙家，曾有知遇之恩；而孙绍祖本人"现袭指挥之职"，"生得相貌魁梧，体格健壮"，更兼"家资饶富，现在兵部候缺题升"。迎春的父亲贾赦因"见是世交之孙，且人品家当都相称合，遂青目择为东床娇婿"，"娶亲的日子甚急，不过今年就要过门的"。

　　迎春就这么仓促地出嫁了。作为全书第一位从贾府出嫁的千金小姐，却不见有个风光的排场，家人的反应亦显冷淡：贾母虽于心不忍，但却不愿出头多事，一则她素来不喜贾赦，二则她的爱实在有限，没有多余心思去疼爱从不争宠的迎春；贾政深恶孙家，"劝谏过两次，无奈贾赦不听"，也就由他去了；宝玉为此痴痴呆呆，却也无可奈何，只跌足而叹："从今这世上又少五个清净人了！"所谓"五人"，是连迎春的四个陪嫁丫头一并算进去的，就连最疼惜园中女子的宝玉，他的叹息竟也不全是为迎春而发。

　　待到迎春离开紫菱洲后，宝玉时常在此徘徊叹息：

池塘一夜秋风冷，吹散芰荷红玉影。
蓼花菱叶不胜愁，重露繁霜压纤梗。
不闻永昼敲棋声，燕泥点点污棋枰。
古人惜别怜朋友，况我今当手足情！

　　这首出自宝玉之手的《紫菱洲歌》，首、颔两联既是景语又是情语，写人去楼空草木凋敝，眼前景致似乎含愁带恨，皆在诉说对旧主的思念；颈、尾两联回到所咏情事，回忆姐弟对弈时，棋子落盘有声，那简单的快乐如今又到哪里去寻？但见新燕构巢，点点泥痕污了棋枰，物是人非，触目萧索，离情绵绵依依，让人手足无措。他希望回到曾经的时光，却知这终究只是幻想，于是不禁叹息，也不知二姐姐生活可还安好。

怎么会安好呢？迎春所嫁"娇婿"，竟是个"得志便猖狂"的"中山狼"。"中山狼"典出明代马中锡的《中山狼传》，说的是东郭先生救了一头被猎人追杀的狼，狼逃过一劫后，凶相毕露，竟反要吃它的救命恩人！所以，那些忘恩负义、恩将仇报之徒，常被冠以"中山狼"的恶名。迎春嫁与孙绍祖，就像羔羊落了虎口，焉有生还的道理？在梦曲《喜冤家》里，字字句句说的都是迎春的悲恸与无奈：

中山狼，无情兽，全不念当日根由。一味的骄奢淫荡贪欢媾。觑着那，侯门艳质同蒲柳；作践的，公府千金似下流。叹芳魂艳魄，一载荡悠悠。

她过的是什么样的日子呢？第八十回里，迎春哭诉："一味好色，好赌酗酒，家中所有的媳妇丫头将及淫遍。略劝过两三次，便骂我是'醋汁子老婆拧出来的'。"对于"侯门艳质"的迎春，孙绍祖不仅不怜爱，甚至于竟没有丝毫的尊重，他骂迎春："你别和我充夫人娘子，你老子使了我五千银子，把你准折卖给我的。好不好，打一顿撵在下房里睡去。"听了这些事，王夫人也只流泪劝慰："我的儿，这也是你的命。"然后就压住消息，以免贾母知道。贾迎春在娘家只住了几日，便又被送回了孙府。

可怜一个娇美小姐，不到一年便赴了黄泉。这一生的悲惨，也终于有了尽时。

贾迎春是可悲的。她自出生起，生命便一直是下降的姿态，她被命运的旋涡卷带着沉沦，直至没顶，竟连一丝挣扎也不曾见着。唯有一句"我不信我的命就这么不好"，是她平生仅有的一次抗争，且只限于说了这么一句牢骚话。

贾赦一心寻花问柳，诸事皆不关心，贾迎春从未在他那里体会到温暖的父爱。据说她的生母是贾赦的妾室，地位比探春的母亲赵姨娘还高出很多，但偏偏早逝；继母邢夫人对她毫不关心，还时时数落她处处不如贾探春，不能给宁府争脸。母爱于贾迎春，也是缺失的。她还有个同父异母的哥哥贾琏，但这位兄长成天招惹是非，连他自己的事情已是顾不过来，又何曾对这向来文静沉默的妹妹有过半点爱怜？

贾迎春是"金陵十二钗"中最没有个性的一位，连长相都平淡无奇，"肌肤微丰，合中身材，腮凝新荔，鼻腻鹅脂"，虽是标准的美人相貌，却少了特色；至于性格，"温柔沉默，观之可亲"，用小厮兴儿的闲话儿说，"二姑娘的浑名是'二木头'，戳一针也不知嗳哟一声"，真真是个木头美人了。因缺乏性格魅力，纵使旁人想爱她，也不知从何爱起。

只是因为少了个性，倒也成就了她的与众不同——自甘隐形，明明是贾府二小姐，却如同龙套。

许是因为庶出，许是因为才疏，再加上寄居荣国府，贾迎春真是自卑到了无以复加的地步。可以说是忍让，也可以说是懦弱，她只望着别人赏给自己的，她就收下；别人不给的，她也不以为意。第二十二回里，元妃从宫里送出灯谜让众人来猜，大家纷纷猜到了答案，只贾迎春和贾环未猜中，因而就没有得到赏赐，贾迎春的反应是："自为玩笑小事，并不介意。"第七十一回里，贾母过生日，南安太妃来访，贾母只叫钗、黛与贾探春姐妹会见，书中亦说贾迎春对此无所谓。

当真无所谓，还是因天长日久不受宠爱便早已习惯了被漠视？

倘若面对长辈的偏心，尚且能够自我开解，倒也能博得涵养深博的赞许，只是连下人们都试准了她的"好性儿"，把她"全不放在心上"时，她竟仍然能忍。

乳母擅自拿了她的攒珠累金凤去典当赌钱，贾母决心要惩治，乳母的儿媳竟要挟受害者贾迎春去向贾母为婆婆求情，否则就不去把金凤赎回，言语中不见丝毫尊敬，连丫鬟绣桔都看不下去了，说要告到琏二奶奶那里替她追回。眼见事情即将闹大，贾迎春反倒息事宁人了："罢，罢，罢。你不能拿了金凤来，不必牵三扯四乱嚷。我也不要那凤了。便是太太问时，我只说丢了，也妨碍不着什么的。"这软弱怕事的性格，倒让读者憋了一肚子不平之气。

对周遭万事，她不闻不问，纵使逼到近前了，她也只木然处之。贾迎春仿佛是自己人生的旁观者，一应万事不管大小，都不往心里去，乍看去是温柔和善，其实自己的幸福也往往因此而被葬送了。

以为与世无争，这样就能换取清静，但是她错了。一直把自己当作局外人，终究会成为自己生命的局外人。贾迎春这样软弱而漠然的女子，不论生在哪个时代，都注定成为弱者并遭受厄运。她的一生从来就没有真正属于过自己，她从没有为自己争取过，只知懦弱避世，将命运悉数交给"天命"去安排，任人随意驱遣。一如她在书中第二十二回里所作的灯谜，谜底是个"打动乱如麻"的算盘。

  天运人功理不穷，有功无运也难逢。
  因何镇日纷纷乱，只为阴阳数不同。

"天运"指上天注定的运数，"人功"说的是人为的计算。依贾迎春言，运算的结果已是上天注定，但人的手指去拨算前，却又毫不知情，这当中的玄机，真是玄之又玄；如果"天运"不同，无论"人功"如何较劲，终究得不出正确的结果，因为上下之数阴阳不同。

玄之又玄，让人想起她总捧在手里的《太上感应篇》。贾迎春从不敢面对现实，只在虚幻的世界中寻求安慰，最终迎来的，终究是现实的一记响亮耳光。

一味退让，甚至没了底线，却不知早已到了无路可退的境地。

倘若没有嫁到孙家，是不是就能避开中山狼的折损？即便如此又如何？必有别样的厄运等在下一个岔路。悠悠世间事纷扰，迎春终究是个弱者，只受摆布于他人股掌。

她也享受过片刻的好时光，可往事越美，越让人伤怀。书中第三十八回，史湘云做东，大家啖螃蟹、饮好酒，撤席后又取来诗题，用针绾在墙上，海棠社的诗童才女们，个个酝酿起诗情。于是林黛玉垂钓，薛宝钗戏鱼，贾探春、贾惜春、李纨立于垂柳荫中看鸥鹭,贾迎春则"独在花阴下拿着花针穿茉莉花"。

曹公用饱蘸深情的笔触,认真描画了"迎春穿花"这幅恬淡的静物图。也只有在作者精心营造的这一刻,在姐妹陪伴的这一片小天地中,这个纤细软弱的女子才得到了短暂的安宁。倘若时光能停留在这一刻,贾迎春定然非常愿意。

那晚元妃归省,贾迎春奉旨题匾《旷性怡情》,诗曰:

园成景备特精奇,奉命羞题额旷怡。
谁信世间有此境,游来宁不畅神思?

这是模拟大姐姐的题作,确显平平,若非应着旨求,贾迎春断不会自寻事端,无故去作这样一首诗。纵观全书,在诗艺上,她也不求精进,只说自己作得不好,便自愿避了逞诗斗才的一干姐妹,沉默度日。多少岁月里,她都是自轻的,由自轻再生出许多忍耐来,引得人尽将她看轻,她也不以为意,只向往着自己的一份平静。

林黛玉曾评贾迎春"虎狼屯于阶陛,尚谈因果"——来吃人的野兽都蹲在门外台阶上了,贾迎春却还在屋里慢条斯理地说些个因果报应的空话。林妹妹的话固然刻薄了些,但活脱脱是贾迎春的画像。不过,她拿来自慰的那些因果虚妄之说,非但没能解开她胸中郁结,没能带她超脱到无忧境界,反而成了拖着她坠入无底深渊的累赘。

缁衣顿改昔年妆·贾惜春

贾府"四春"中年龄最幼的小姐,名唤惜春,是贾敬之女、贾珍之妹。刚一出场时,她还是个容貌尚未长开的小女孩,在刚到贾府的林妹妹眼中,惜春"身量未足,形容尚小"。曹公就这样一笔带过,丝毫不见她那两位姐姐的神采。

幼时的她,喜欢同水月庵的小尼姑智能儿玩在一处。第七回里,薛姨妈让周瑞家的送宫花给姑娘们戴,到了惜春这里,惜春笑道:"我这里正和智能儿说,我明儿也要剃头同他作姑子去呢,可巧又送了花儿来;若剃了头,可把这花儿戴在哪里呢?"大家取笑一回,只当是孩子顽话,没见谁当成一回事,谁知却是后日因果的预兆。

当日园中花团锦簇,众姊妹聚会斗诗时,并不怎能见到贾惜春的身影。虽蒙薛宝钗赠了个"藕榭"的雅号,终是同"菱洲"之于贾迎春一样,"誊录监场",漫不经心,对付场面而已。元、迎、探、惜四姊妹,正对应琴、棋、书、画,贾惜春倾心的正是丹青。刘姥姥逛大观园时,夸赞园子景致比画儿还要好,贾母便命贾惜春绘出一幅"大观园行乐图",贾惜春欣然领命,乐得告了半年的假,自个儿一处安心绘图,省去了作诗应酬的烦恼。

贾惜春不甚工诗,只是时值"省亲别墅"横空出世,又兼迎凤接驾的隆重繁华,"四春"姐妹终得聚到一处,贾元春命众姊妹各题一匾一诗,她才不敢推辞:

> 山水横拖千里外,楼台高起五云中。
> 园修日月光辉里,景夺文章造化功。

这一首《文章造化》草草写完,虽然不乏境界,终被钗、黛轻易压倒。作诗的优劣输赢,她倒并不怎么放在心上,只是分明往日起居一处的姐妹,此刻却拘于疏远的礼仪,甚至不能细细叙说别来光景,"那上头穿黄袍子的"美人离自己这样近,又那样远。眼前万般,似可全与己无关,贾惜春的心定是耽了深思,早已不在笔墨上了。

往日常听人说大姐姐如何风光,阔别久日再见,竟相看无语凝噎。从大姐姐含泪的眼睛里,贾惜春看到了成长的代价和痛苦,也看到了世事的炎凉。

她与众人本是疏离的,兴儿说得明白:"四姑娘小……老太太命人人抱过来养这么大,也是一位不管事的。"许因她年幼可塑,除了贵妃省亲这等正式场合,曹公倒并不急着要将惜春推到聚光灯下。只任她躲在暗处冷眼瞧着,轻易不让笔墨沾染了她,终于在那金玉其外、败絮其中的荣国府里生就了她自己的性子,才借着制灯谜的由头,让这枝小荷露出尖角锋芒:

前身色相总无成，不听菱歌听佛经。
莫道此生沉黑海，性中自有大光明。

这才是正欲长成的贾惜春，佛前长明灯那昏昏然却长年不灭的境况，正是贾惜春最后的归宿。这诗读来略有晦涩，似有无穷机缘：前世因迷恋色相而未修成正果，于是今生决意诚皈佛门。"菱歌"意象多出现在乐府中的采莲曲谣，常是男女情歌，最让人心系情牵，可偏有人不爱情歌爱佛语，一心只求我佛熏陶。休说一入佛门，绝了人间玩乐，便似沉了海底一般无望，"佛在性中作，莫向身外求"，正因领悟了佛性，心中更有光明存在。

一个大家闺秀，竟然起了出家的念头，实在不能不让人吃惊。大观园里华贵奢侈的吃穿用度，"白玉为堂金作马"的富丽堂皇，让世上多少人你攘我攘、一心追求，身在侯门绣户里的贾惜春，却决计要将这些一并抛却。

勘破三春景不长，缁衣顿改昔年妆。
可怜绣户侯门女，独卧青灯古佛旁。

"金陵十二钗"里，贾惜春位列第八。书中情节进展到抄检大观园前，因曹公还未将她的形象铺展开来，尚未听闻她说几句话，只有极少的几次出场，让人隐约辨着她的形象。这个离群索居的小姑娘，曾因刘姥姥的滑稽表演，笑得离了座位，只拉着她的奶姆，叫她给自己揉肠子。一番娇俏，只道是最平常不过的女儿娇憨，却不料竟是非常难得，难得到翻遍全书，再找不出这么一段写她轻松活泼的文字来。

到第七十四回"惑奸谗抄检大观园",园里的屋主个个亮了本性,贾惜春的表现,直可看作是曹公伺得时机已成,要趁机为她立此正传。

"我竟不知道。这还了得!二嫂子,你要打他,好歹带他出去打罢,我听不惯的。"

"嫂子别饶他这次方可,这里人多,若不拿一个人作法,那些大的听见了,又不知怎样呢。嫂子若饶他,我也不依。"

不过是在丫鬟入画的箱子里发现了贾珍赏给她哥哥的一些东西,包括一大包金银锞子、一副玉带板子,还有一包男人的靴袜,竟让她决绝至此。起初凤姐带王善保家的来到贾惜春所居的蓼风轩,贾惜春"吓的不知当有什么事故",放手让来人搜查。后来搜检出丫鬟入画的这些东西,也就只是个不该私传物品的小过错,训斥入画几句也就罢了的事情,连一向严苛的王熙凤都道:"素日我看他还好。谁没一个错,只这一次。"可贾惜春却说出了上面那一番冷酷而决绝的话,既是冷漠,又是在努力撇清干系。似乎贾惜春想要惩治的对象,不是自小服侍她的贴身丫鬟,而是不共戴天的仇人。

凤姐没有带走入画,她却想要驱之而后快。倘若尚可将这看作是她怕被连累,那么从次日她对嫂子尤氏的一番冷言冷语,便可重新认识到这位仿佛一直躲在屋内不敢出门的小姐的另外面容。

因为入画本是宁国府的，贾惜春先责怪嫂子"管教不严"，接着便要尤氏把人带走，"或打，或杀，或卖，我一概不管"。入画跪地哭求，尤氏和奶娘也在一旁为她说情，可贾惜春竟生就了霜雪心肠一般，全不顾入画服侍她多年的辛劳，也不顾嫂子的情面，铁了心执意要将入画扫地出门。

不但舍了入画，最后她还说自己再也不去宁国府了。因为"每每风闻得有人背地里议论什么多少不堪的闲话"，于是她就发狠道："我只知道保得住我就够了，不管你们。从此以后，你们有事别累我。"

尤氏寒心指责："可知你是个心冷口冷心狠意狠的人。"贾惜春回道："不作狠心人，难得自了汉。"原来她是自认已然"了悟"，所以万事能舍。

至此，贾惜春那冷心冷肠、自绝于人的形象才鲜明起来，叫人再不敢小瞧了她，直叹息往日里低眉寡语的小妹妹，怎会忽然语出惊人。也不知她是什么时候认定了这样的道理，小小年纪便觉自己已"大彻大悟"。

这一回回目的后半句是"矢孤介杜绝宁国府"，脂批有言："惜春年幼，偏有老成练达之操。"无怪脂评如此，属于贾惜春的那支梦曲，是《虚花悟》，只从名题看，便已是看破红尘、大彻大悟之意，贾惜春年纪虽小，却竟然已认识到。

将那三春看破，桃红柳绿待如何？把这韶华打灭，觅那清淡天和。说什么，天上夭桃盛，云中杏蕊多。到头来，谁把秋捱过？则看那，白杨村里人呜咽，青枫林下鬼吟哦。更兼着，连天衰草遮坟墓。这的是，昨贫今富人劳碌，春荣秋谢花折磨。似这般，生关死劫谁能躲？闻说道，西方宝树唤婆娑，上结着长生果。

"三春去后诸芳尽，各自须寻各自门"，不论桃红柳绿还是荣华富贵，到头来还是逃脱不了散落无处、各自漂流的下场，最后只落得"白杨村里人呜咽，青枫林下鬼吟哦"。人生百年，终为土灰，生死大关谁能躲避？"婆娑树底认前因"，想要超脱凡尘俗扰，求得一己的安宁，于贾惜春而言，唯有皈依佛门这一条路而已。

贾惜春疏离众人，习惯了独善其身，寂寥的童年让她过于早熟，慧心慧眼又使她早早看到了宁、荣二府显赫表象下的满目疮痍。她预见到一切皆是空幻，灭顶大灾近在眼前，于是在尚未下定出家决心前，便已早早地茹素念经，过着和园中众人皆不相容的怪诞日子。

清人王雪香在《石头记论赞》中说："人不奇则不清，不僻则不净，以知清净法门，皆奇僻性人也。惜春雅负此情，与妙玉交最厚，出尘之想，端自隗始矣。"

但在我看来，却是贾惜春近佛在先，近妙玉在后，她因近佛而近妙玉。但是和妙玉的尘缘未了、迫入空门不同，贾惜春在第八十七回里就曾自言："可惜我生在这种人家不便出家。我若出了家时，那有邪魔缠扰，一念不生，万缘俱寂。"她还口占悟禅偈言：

大造本无方，云何是应住。
既从空中来，应向空中去。

由此偈便可知她心意已决，所以贾惜春日后把那三千烦恼丝一并剃去，终究皈依了佛门的举止，倒并不会让人多么讶异了。

只不过，一个只顾及自己的人，又怎么可能真正领悟宽厚仁慈的禅理呢？譬如普度众生的佛门教化，到了贾惜春这里，她就径直绕了过去，只喊着"你们不要管我，我也管不了你们，只求各谋生路"之类的话，只认为自己早早逃离这病态的家庭方是正经事情。归根结底，贾惜春只是把佛门当成了她的避难所，那一声声的木鱼鼓击，传递的并非她的参悟，而是像她这样不得自由的大家女子的无奈叹息。

她在贾家败落抄家前就遁入空门，免受了许多灾苦，只是缁衣压身的年头，带给她的，究竟是幸还是不幸，恐怕谁也说不清楚。

可怜风月债难偿·秦可卿

"金陵十二钗"中,秦可卿位列最后。倘若因此便觉得她不够重要,那就彻底错了。

她是正钗里最美貌的女子,曹公甚至以自己最心爱的钗、黛比之,赐其乳名"兼美",她"鲜艳妩媚,有似乎宝钗,风流袅娜,则又如黛玉",如此极美极善,注定天妒红颜。恰似一场刚亮相便要谢幕的演出,就"薄命"二字说来,秦可卿则无愧于薄命司之首。

她的身世非常神秘,人生经历也扑朔迷离,还未等人弄清楚,她偏又早早地辞世,别了这一场人生大梦,神秘色彩就愈浓厚了。她以那天上才有人间难寻的风情占据了正册第十二把交椅,很有一番压轴结案的意味。

"宝玉梦游太虚幻境"一场,已把整个故事交代了二分。秦可卿正是作为主角,在这一回里幽幽登场。贾宝玉正是因为在秦可卿的房间睡了个中觉,这才进入了太虚幻境,并在警幻仙姑的引导下,阅册籍、听乐曲,享声色男女之乐。

"金陵十二钗"的命运，也自此吟唱演绎开来。

那日，宁府花园里的梅花开得正艳，贾宝玉随贾母前去赏梅。家宴后，贾宝玉倦怠欲睡，便由秦可卿领着，先是来到了上房内间，屋内高挂着的一幅宣扬尊孔读经以达仕宦的《燃藜图》，贾宝玉见了甚是不快，再一抬眼又看到了一副对联：

世事洞明皆学问，人情练达即文章。

这对联立刻又招了他厌烦，贾宝玉决然不肯久留，直嚷着："快出去！快出去！"

人情世故、庸俗丑态，这是贾宝玉最不愿接触的。于是这副劝人圆滑处世、势利熏天的对联自然令他格外反感。

秦可卿见状，便笑着将宝玉引到自己屋内。这位青春少妇的住处，全然是另一番景象。贾宝玉刚进房门，就有一股细细的甜香迎面扑来，熏得他"眼饧骨软"，连连叫好。秦可卿房中的对联，自然也不同于正房：

嫩寒锁梦因春冷，芳气笼人是酒香。

风格迥然不同，但用韵偏是一样的，反而愈显得秦可卿与宁府格格不入。书中说了，这对联是宋代学士秦观秦太虚所书，随后不久，贾宝玉便在恍惚睡梦里跟随秦可卿去神游了，那里"朱栏白石，绿树清溪，真是人迹希逢，飞尘不到"，原是太虚幻境。曹公笔下当真是字字如珠玑，处处有玄妙。

关于"嫩寒锁梦因春冷"七字,《脂砚斋重评石头记》批了"艳极,淫极"四字,道出机关,实在也因为如此重评,自然隐隐约约透出背后因果。只是若单从字面看来,不过是说梅花开时,轻寒犹在,人们睡眠时纵使成梦,也会觉得"春冷"微凉。看似轻描淡写叙说季节,未必不是在借此影射秦可卿与贾蓉这对夫妻间关系的冷淡。

下联"芳气笼人是酒香",又仿有宋人陆游的"花气袭人知骤暖,鹊声穿树喜新晴"的妙味,似有浓情蜜意,可醉生梦死。秦可卿这"大约神仙也可以住得"的房中,一番馥郁醉人的旖旎香艳已是浓稠难化,悬着的一幅《海棠春睡图》,状绘杨贵妃醉颜残妆、鬓乱钗横,更如一剂催化,贾宝玉刚一闭眼,便恍惚入梦。

这一梦,便是整部《红楼梦》。

梦里,他听闻有人唱歌,歌者是"司人间之风情月债,掌尘世之女怨男痴"的警幻仙姑。曹公用了大段文字来写这位仙界尤物。

方离柳坞,乍出花房。但行处,鸟惊庭树;将到时,影度回廊。仙袂乍飘兮,闻麝兰之馥郁;荷衣欲动兮,听环佩之铿锵。靥笑春桃兮,云堆翠髻;唇绽樱颗兮,榴齿含香。纤腰之楚楚兮,回风舞雪;珠翠之辉辉兮,满额鹅黄。出没花间兮,宜嗔宜喜;徘徊池上兮,若飞若扬。蛾眉颦笑兮,将言而未语;莲步乍移兮,待止而欲行。羡彼之良质兮,冰清玉润;慕彼之华服兮,闪灼文章。爱彼之貌容兮,香培玉琢;美彼之态度兮,凤翥龙翔。其素若何，春梅绽雪。其洁若何，秋菊被霜。其静若何，松生空谷。其艳若何，霞映澄塘。其文若何，龙游曲沼。其神若何，月射寒江。应惭西子，实愧王嫱。

如此大段铺排，只为状摹警幻仙姑的容貌风姿，这在通部书中都极罕见，足见她在谋篇布局中的地位之重要。难怪脂砚斋批说："前有宝玉二词，今复见一赋，何也？盖此二人乃通部大纲，不得不用此套。"

这篇赋读来颇有子建遗风，从"云堆翠髻""回风舞雪"，到"将言而未语""待止而欲行"，曹植赋中的华丽词句如"云髻峨峨""飘飘兮若流风之回雪""含辞未吐""若往若还"等一一跳至眼前，子建梦宓妃的典故亦踏歌而来，那"金风玉露一相逢"的缠绵缱绻，正是曹雪芹刻意营造的相似境界。

所谓太虚幻境，就像大观园的缩影，其中的警幻仙姑，便是高在云端俯视下尘的冷眼旁观者。她身份尊贵，闲散游逛的地方不是柳坞就是花房；她身姿婀娜，行动时荷衣飘香，并有曼妙音乐作为背景；她美貌惊人，一颦一笑皆成风景；她品德高尚，如昆山片玉，无可挑剔。如此美人，曹公最后只能叹道：

奇矣哉，生于孰地，来自何方；信矣乎！瑶池不二，紫府无双。果何人哉？如斯之美也！

她自称受了宁、荣二公的嘱托，以情欲声色等事来警示痴顽宝玉，使他领略仙闺幻境的风光也不过如此，更何况凡尘俗世，更是无须留恋，望他今后务必痛改前非，专心孔孟，以读书进仕。接下来便是重头戏了，仙姑将其妹许配给宝玉，并让他们即时成亲。

警幻仙姑的这位妹妹，便是乳名兼美、字可卿的秦氏。

直到贾宝玉在梦中堕入迷津，大呼"可卿救命"，这一场《红楼梦》中最重要的梦境，方才由秦氏引入，再因秦氏走出。贾宝玉不仅没有从此"改悔"，反而越加痴迷起人间情事来，紧接着下一回中，他就与袭人"初试云雨情"，正是第五回末曹公所拟两句轻叹：

一场幽梦同谁近，千古情人独我痴。

在梦里，秦可卿的身份是警幻的妹妹、贾宝玉的娇妻；在现实里，她是暂居宁府的一位身份不可说的神秘人物。曹公对她，着墨非常独特，亦真亦假，虚虚实实。著书人也有自己的无奈，他曾经不得不听从家族中长辈建言，删去四五页关于秦可卿的内容，以求清平，亦是为秦可卿保全形象，然而始终不甘，经意不经意间，仍留下些许蛛丝马迹，留与后人拼接索骥。

秦可卿的身份是第一大谜团，书中说她是"寒儒薄宦"的秦业从养生堂抱养的孤女。脂砚斋批"秦业"这名字妙极，曹公惯用以谐音暗指的笔法，"业者，孽也"。他究竟造了什么孽会得此名？他抱养的这个女孩，是个普通人家抛弃的闺女，还是流落民间的皇脉后裔？

倘若果如书中所叙那样出身卑微，只凭着一份袅娜纤巧、温柔和平，焉能赢得宁、荣二府全族上下的一致称赞和庇护，并让那么多人在她死后惋痛不已？

人们在夸香菱生得好模样时，说她"倒有些东府蓉大奶奶的品行儿"。想到香菱的来头，这番比较就有了更深的含义——香菱本是甄家小姐英莲，幼时被人贩子拐去，几番倒卖才到了薛蟠家中。若曹雪芹果然是想以香菱暗指秦可卿，也当是为了提醒读者秦可卿的来历不凡。

作为贾家孙媳，她竟然拥有自己的房间，实在有悖常理。那间甜糯销魂的香闺，全然不像她和丈夫贾蓉共享的居室，书中也找不到一星半点关于这对夫妻感情的描写。只在秦可卿病中，王熙凤前来探病，贾蓉才陪伴出现，他对妻子恭敬有余，但亲密不足；秦可卿死后，殡仪浩大铺张，却只字不提贾蓉的反应，仿佛她与他只是有名无实的夫妻。

除此，便是写到秦可卿生病症结，方子上所写"忧虑伤脾，肝木忒旺"的病因从何说起？她为何忧虑？因何上火？遍寻曹公墨迹，竟不得要领。还有那神秘的太医张友士，他的名字，是否正暗指"有事"？若真有事，却是什么样的事？想来，必是他所带来的家族消息，导致了秦可卿的忧虑焦急吧。曹公幻笔扑朔迷离，秦可卿的面目真真假假，直叫人抓心挠肝地想洞悉真相。

便有当代学人如刘心武者大胆断言，秦可卿极可能是皇权斗争中暂居劣势那一方的子嗣，被宁国府以贾蓉妻子的身份藏匿起来，作为贾家的政治筹码，以期日后匡辅之功。

只是贾家押错了宝，秦可卿家族终于惨败。宫中贾元春审时度势，果断揭发了秦可卿身份，为自己家族争得一功。所以，秦可卿在托梦给王熙凤时，提及"眼见不日又有一件非常喜事"，随后就是贾元春封妃，获旨归省。

秦可卿的出场是淡淡切入式的。她与宝玉的缠绵，只是在梦中，虚实难辨。她的退场却是全书中极隆重的，仿佛全要靠死的葬仪来说明她生的意义。那一场堪比公主的威赫殡葬，将关于她身份的谜题推到了极致。

只是这一切，都与她无关了。

《红楼梦》中几乎所有人物的名字，都是曹公仔细斟酌方才拟定的。或点其命运，或连贯全篇，依附其上的皆是作者的良苦用心。秦可卿的名字，寓意是"情可轻"，意在提醒读者，要将此处之"情"看轻。可在关于她的判词里，"情"字却是最关键的。

> 情天情海幻情身，情既相逢必主淫。
> 漫言不肖皆荣出，造衅开端实在宁。

对于秦可卿的品行，似乎略有微词，但曹公不会简单便将一个女子否定，否则秦可卿也入不得"金陵十二钗"了。事实上，她非但不是曹公立意批判的对象，反而是作为政治斗争的殉葬品，被曹公寄予了痛惜的柔情。

犹记贾宝玉梦游太虚幻境时，孽海情天那副计人触目惊心的对联：

> 厚地高天，堪叹古今情不尽；
> 痴男怨女，可怜风月债难偿。

佛家有言，情欲是罪恶苦难的根源，世间情缘皆是宿孽的造始。曹雪芹演红楼，显然是依着此论，假言"孽海情天"，把时代悲剧巧妙附会于"情"字上，将这情情相遇的秦可卿，塑成了由"情天情海"幻出的人物。

然而，不论是情之所始的缘孽，还是情之幻灭的轮回，不过只是遮盖秦可卿悲剧的一方幕布而已。

回顾曹公行文，每以假象示人，有时潇洒调侃、寓扬于抑，有时偏以反语解说孽缘。倒不是故弄玄虚，处于其中，又挣扎着逃脱的他，深知当时社会吃人的内里。有的时候，他正话反说、畅所欲言，有的时候，他看清了现实却不愿意相信，又或是虽欲揭示，却终不能针砭直陈，这便常将宿命之说附会于悲剧之上。矛盾与痛苦，始终伴随着他创作《红楼梦》的全程。

虚实相间、欲说还休，正是曹雪芹无奈之笔。冯渊冤死，凶手分明是薛蟠，曹公偏说"这正是梦幻情缘""前生冤孽"。张金哥和守备之子双双殉情，首恶分明是王熙凤，曹公偏说他们太"多情"，也属"情孽"。就连心如槁木的李纨、遁入空门的贾惜春、情窦未开的史湘云，也统统让她们在挂着"可怜风月债难偿"对联的"孽海情天"中注了册。所谓风月情债，不是幌子，却是什么？

他无力将最赤裸、最刺眼的真相全都撕开给读者看，只得借由太虚幻境入口处那一副对联，警示着全书之中的真与假、有与无。

假作真时真亦假，无为有处有还无。

书中甄士隐寓意"真事隐"，贾雨村寓意"假语存"，全书"以假作真"的地方比比皆是，虽常让读者云里雾里，但在文字狱颇盛的清初，他不得不如此。

曹公本意是要将一干俗尘肮脏，借个风月情债的画皮描出。懂得了这些，秦可卿那隔帘看花般的朦胧神秘，才能稍微明朗。

他有意将秦可卿摹绘成镜中花、水中月，宛若一个匆匆走过自己生命的过客。她与红楼这一梦，仿佛早早就别离，却又始终相偎依。随着笔墨周旋，有意无意间，似留下无数难解的谜题，又沉淀出厚厚的历久弥香的风情。

曹雪芹所要揭示的，重点不是秦可卿与贾珍的"非常情"，而是那背后的幽灵———一场无关风月的皇家斗争。

表面看来，她生性轻浮，只贾宝玉刚入她房间时看到的一联、一图便能透露几分。然而这些还不够，武则天当日镜室中设的宝镜、飞燕立着舞过的金盘、安禄山掷过伤了太真乳的木瓜、寿阳公主含章殿下卧的榻、同昌公主制的联珠帐，被曹公全都集合到秦可卿的屋里去了。

这些历史上有名的风流女子，这些见证风月情事的香艳物件，皆随着曹公的调度，共同奏出了一曲交响，主题便是屋主秦可卿同样的风流艳史。

然而何以全是皇家物事，这不止预示着她作为政治棋子的可悲身份吗？

在当时，提到政治总是件危险的事情，遑论评议！所以他虚构了一个"非常情"的外壳，便也给秦可卿最后的死安排了理由——与贾珍的奸情败露，她羞愤而死。

第四章　叹无常·春光难长　119

一首销魂蚀骨的梦曲《好事终》，简直唱尽了她的一生。

画梁春尽落香尘。擅风情，秉月貌，便是败家的根本。箕裘颓堕皆从敬，家事消亡首罪宁。宿孽总因情。

梦曲后面画着高楼大厦，有一美人悬梁自缢，不正是穷途末路的秦可卿吗？

这突兀的图画，是曹雪芹有意留下的"未删之笔"，暗示着背后的真相。年轻而美好的生命，注定将早早葬送。

所谓"好事终"，究竟是在叹家族被夺权穷途末路，秦可卿不得不死，还是叹她与名义上的公公贾珍的通奸"好事"不幸败露呢？

我更愿相信是前者，也自然应该是前者。

秦可卿与贾珍的"非常情"，似乎是宁府公开的秘密，这从第七回"宴宁府宝玉会秦钟"里焦大的醉骂便可看出。脂砚斋在此特用朱笔点批："忽接此焦大一段，真可惊心骇目，一字化一泪，一泪化一血珠！"

当日宁国公为皇帝戎马天下，身边有个忠心耿耿的奴才，便是焦大。他对宁公曾有救命之恩，但宁公死后却受了冷落，每每以酒浇愁。他对宁府的感情是深厚的，谁不珍惜自己帮助建立的事业呢？也正因为爱之愈深，责之愈切，面对宁府的不肖子孙做出的种种丑事，他最是痛心疾首，仗着酒劲，便要大骂："我要往祠堂里哭太爷去……那里承望到如今生下这些畜牲来！"

在那一迭声的唾骂和数落里，最有名的一句是："爬灰的爬灰，养小叔子的养小叔子。"

"养小叔子"的公案，至今尚无定论，但古人所说的"爬灰"指的正是媳妇与公公通奸，焦大这句怒骂，坐实了宁府那桩不得见光的家丑。

"我什么不知道？咱们'胳膊折了往袖子里藏'！"一时心血上涌，焦大几乎要骂个痛快了，可是凤姐立即命人用土和马粪填上了他的嘴。

虽然这秘密已被很多人知晓，但有些事情，仍然不能被揭露。所以，若说秦可卿是羞愤赴死，莫不是晚了太多？家族夺权的大梦破灭，恐怕才是她赴死的真正原因。除了死，她已无别的选择。

树倒猢狲散，她所藏身的贾府，此刻也必力求自保，再不能继续庇护她。她死了，倒可成全贾元春举罪不避亲的美名——这一段藏匿宁府的日子，她得上下厚待，虽说别人大抵是因为她特别的身份才善待于她，善良如她，毕竟心怀感激。

这原是一场战争，她在其中，只是一个因身份而任人摆布的棋子。此役凶多吉少，或许秦可卿早已料到这样的结局，便不管不顾地肆意将自己烧尽。

于是那一段不伦之恋，纵然只是曹公描画的一张画皮，泼墨点翠的洇染间，倒也值得去想象探究。

诡谲变幻的政治风云，于她是不重要的。浪漫多情的她，困居宁府，便只期待感情能有所依托，而这，是贾蓉不能给她的。年轻的丈夫根本不懂她的妩媚和风情，又碍于她的尊贵身份，想爱却不敢。贾珍毕竟老辣，眉来眼去间，她终于堕入情海。秦可卿的沦陷，或是对自己命运的抗争，在肮脏的土壤才会孕育出罪恶的花朵。这不伦的恋情，便在那腐朽到骨子里的贾府绽开了。

"漫言不肖皆荣出，造衅开端实在宁"，这话说得一点不差。荣国府中头号"混世魔王"贾宝玉，不过依红偎翠、缠绵脂粉，比起东府里诸多人形兽行之事，确实算不得什么。

在秦可卿的事情上，尚还看不出多少端倪，一切仍被遮掩得朦朦胧胧。秦可卿死后，后文叙及贾珍、贾蓉这对父子与尤氏姐妹的风流故事，这二人烛光下对三姐涎水长流的贪婪嘴脸，才真令人不禁毛骨悚然。

怨不得柳湘莲听闻尤三姐是宁国府的亲戚后，决意要退亲："你们东府里除了那两个石狮子干净，只怕连猫儿狗儿都不干净。"

华丽光鲜的宁府，其实是一口又深又浑的酱缸，秦可卿困在里面，渐渐迷失了自我。但她从来没有真正快乐过，直到她不得不死的那一刻。

那一晚，想必夜凉如水。夺权大计功败垂成，秦可卿知大势已去，赴死的决心就在一瞬间酿熟了。天香楼中，她倚门目送贾珍离去，含笑如一片深秋的树叶。或许贾珍已预感到将要发生什么，却苦于无力劝阻，又或许他只当是寻常道别，出门后不久便快步不见。秦可卿轻轻掩好门扉，徐步踱至阁楼，三尺白绫掸落画梁积尘，芳魂艳魄，纷纷然散落无处。

只是这样一个可怜女子，还是被扣上了红颜祸水的罪名——"擅风情，秉月貌，便是败家的根本。"贾府败家，她是根本吗？这罪名太重，不是秦可卿的柔弱肩膀担得起的，一切不过是贾府

"啪啪"响的如意算盘落了空。那积重难返的封建王朝，那千疮百孔的荣、宁二府，分崩离析势所当然，怎么怪罪于一个女子？

便想起鲁迅先生的愤慨，大意说男子们是没有错的，礼崩乐坏的责任，总要让女子来担当。

曹公也说得中肯："箕裘颓堕皆从敬，家事消亡首罪宁。"承《礼记》说，箕裘，指的是继承祖先事业，"箕裘颓堕"，便是子孙不肖的意思。按照封建礼法，贾敬作为宁府的家长，诸事不管、一心炼丹，纵容贾珍、贾蓉等子孙恣意妄为，正应定为"首罪"。宁国府在贾珍父子的翻腾下，早已淫邪腐朽、丑事做尽，他们才是家道中落的始作俑者，"家事消亡"的罪名，该由他们来背。

对于收留自己的贾家，秦可卿还是心怀感恩的，去世前，尚记得为平日里要好的王熙凤托一梦道：

三春去后诸芳尽，各自须寻各自门。

"此句令批书人哭死。"东鲁孔梅溪如此批道。贾家盛极而衰的命运，怕是勾起了这位家道中落的过来人的前情。

秦可卿话中提到的"三春"，在书中出现过多次，其含义不过是那最美好也最短暂的春光——春去秋来，花儿般娇艳的姑娘小姐们，都将迎来毁灭，侥幸幸存的，唯有各自投奔生路。

仅仅是想一想，那番凄凉惨淡也让人心惊，怨不得凤姐不愿意接受，倒问秦可卿如何才能"永保无虞"。秦可卿冷笑嘲弄："否极泰来，荣辱自古周而复始，岂人力能可保常的。"接着便将如何居安思危、留足后路的话讲了，警告凤姐若不早日绸缪，只怕临期后悔也徒然无益。

俨然一位高瞻远瞩的预言家，但是直到谢幕，她仿佛还是只在虚幻的梦中。

秦可卿找对了人，这通精细的打算，非精明能干的凤姐不能施行；她又找错了人，贪慕享乐的王熙凤，并没有把这番警示长久地放在心上。续书中，高鹗写到王熙凤月夜逢鬼，撞见的正是秦可卿的幽魂，可说与这一段梦中警示的情节遥相呼应，将一干冤孽宿债说了个圆整。

如此，具有归结意义的"金陵十二钗"最后一钗的位置，最适合秦可卿不过。

第五章 聪明累・福薄要强

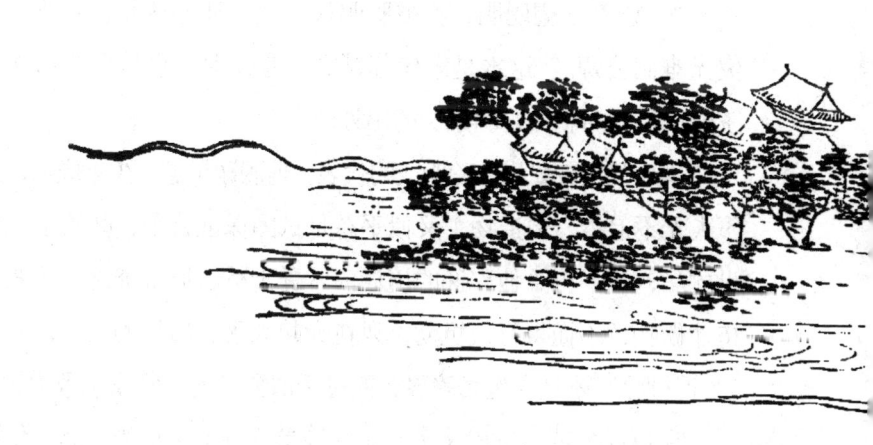

机关算尽太聪明·王熙凤

机关算尽太聪明,反算了卿卿性命。生前心已碎,死后性空灵。家富人宁,终有个家亡人散各奔腾。枉费了,意悬悬半世心;好一似,荡悠悠三更梦。忽喇喇似大厦倾,昏惨惨似灯将尽。呀!一场欢喜忽悲辛。叹人世,终难定!

"人皆养子望聪明,我被聪明误一生。唯愿孩儿愚且鲁,无灾无难到公卿。"这本是宋代苏轼的一首诗偈,也是金陵第九钗王熙凤的梦曲名《聪明累》的出处。

北宋眉山苏轼堪称聪明人的代表。他聪颖早慧,少年成名,天下人无不追捧,但造物主又似乎总是试图保证公平,既给了他卓世才华,便不再给他安逸的境遇。木秀于林,风必摧之,他偏又恃才傲物,不懂得行藏机动,只在大起大落、历尽磨难后,方晓"难得糊涂"才是人生真境界,而过于清醒桀骜,常常招致灾祸。

所以能如苏轼发出《洗儿》这等参透醒彻之语的,恐怕俱是经历了人生大灾大难的人。不过,等到悟破了这个道理,人们大多已如苏轼人到暮年。终于明白了人生至理，离坟墓也仅几步之遥，唯有寄祝福于自己的孩子，望他"傻人傻福"。

聪明误人古今同，对八斗高才的苏轼如是，对王熙凤那样虽读书并不多却生就一番机灵聪明劲儿的，同样如此。

历来读者中，多认为王熙凤聪明反被聪明误，最终将自己的性命也搭了进去，似乎曹公早料，才有了"机关算尽太聪明，反算了卿卿性命"的嘲讽。只是红楼幻笔真真假假，不可轻易猜度。譬如《西江月·嘲贾宝玉二首》，乍读来似乎全是对宝玉的嘲讽，实际上字里行间却尽是对宝玉那颗纯真赤子心的赞许。如是，曹公大叹王熙凤的过分聪明，或多或少也有怜惜的意味。否则，他便不会以"卿"来称呼王熙凤，怀着既爱且恨的心情，叹她一生的种种不值得。

《世说新语·惑溺》里有这样一则故事："王安丰妇，常卿安丰，安丰曰：'妇人卿婿，于礼为不敬，后勿复尔。'妇曰：'亲卿爱卿，是以卿卿，我不卿卿，谁当卿卿？'"这妇人的意思是：我自己的相公自己爱，我喜欢你，就爱称你为"卿"，才不在乎所谓的礼数呢！似这般大胆真情，正合魏晋才有，这番对白便如一粒精巧小钻，折射出魏晋一朝的人品风流。

人与人之间的称谓，从来就不该被忽视，远近尊卑，全在其中。《聪明累》中的一声"卿卿"，流淌的尽是曹公的心意。

对王熙凤，曹公是怀着同情的——这样一个爽朗能干的女子，所行多是为了利益，为了家族，当然也有私心为她自己。天下熙熙，皆为利来；天下攘攘，皆为利往。王熙凤固然被利益驱使，试问又有几人能够免俗？何以独将她拎出来，任人叫骂打杀？

若放到今日，以王熙凤的精明圆滑，不论职场运筹还是商海遨游，她都会有一番成就，以傲人的成绩让人臣服仰望，又有几人会去计较过程中的得失。

可并不是所有人都能幸运地生在适合自己的时代。王熙凤执掌贾府时，"赫赫扬扬，已将百载"的家族早已日薄西山、暮气沉沉。为支撑起贾家这座将倾的大厦，维护它"家富人宁"的最后体面，王熙凤殚精竭虑、心力交瘁，便是生了病，只要还能起得床来，便要强打起精神。有人说她贪恋权力，也有人说她暗藏心机，只有她的贴身丫鬟平儿知道，她不过是勉力逞强罢了。

可惜，结果只是竹篮打水，一切成空，徒然枉费了她的"意悬悬半世心"。命运非但没有给予她丰厚的回报，反使她担起了一世骂名。

王熙凤从幼时便常穿着男装，被充作男孩教养，从小儿"顽笑着就有杀伐决断"，后来出了阁，嫁给贾琏做了贾府的孙少奶奶，既是王夫人的内侄女，所以人们不敢轻慢于她，又因才干卓著被派到荣国府管理家务，"越发历练老成"。贾府上下几百号人，都由她管，事无巨细，都需由她示下。

"巾帼不让须眉"，正可用来评价王熙凤。作为贾府实际的掌权者，她有能说会道的辩才，"十个会说话的男人也说他不过"；还有见风使舵的谀才，随便说个笑话，便哄得贾母合不拢嘴，她在的场合，总少不了欢乐的笑声；然而最重要的，是她在打理家族事务时，还有革除"五弊"的治才。

秦可卿逝后，尤氏病倒，在第十三回"王熙凤协理宁国府"里，她的治家才干被充分显示出来。但见揽下差使的她，劲头十足,"即命彩明订造簿册……兼要家口花名册来查看,又限于明日一早传齐家人媳妇进来听差",次日清晨便到宁府做了一番"就职演讲",宣布了规矩,可谓敬业专业、办事高效。

不需花费太多时间熟悉府内事宜,王熙凤只用锐利的眼光一扫,就瞧出了东府的五宗积弊:"头一件是人口混杂,遗失东西;第二件,事无专执,临期推委;第三件,需用过费,滥支冒领;第四件,任无大小,苦乐不均;第五件,家人豪纵,有脸者不能钤束,无脸者不能上进。"这一番简练精准的分析之后,下一步自然是要对症下药,加以整改。王熙凤治下,首先令分班管事,使各人职责明晰再精细考核,厉行赏罚分明。宁府中人"这才知凤姐利害。众人不敢偷闲,自此兢兢业业,执事保全"。一番整顿后,宁府顿时焕然一新,"于是合族上下人无不称叹"。王熙凤"威重令行,心中十分得意",分明一副女强人的派头,任谁也不敢小觑。

处理杂乱的东府事宜尚且游刃有余,她打理起荣国府日常家务就更得心应手了。虽说举族上下事绪繁多,但仰仗着贾母的疼爱和信任,还有自己的聪明才智,王熙凤以孙辈媳妇的身份,竟也能左右逢源、妥当应付,照顾得面面俱到,实在由不得人不服。

在"脂粉须眉齐却步,更无一个是能人"的贾家,王熙凤的地位堪比贾宝玉,正因她把全部心力都寄托了这个庞大的家族,她的命运也自然与贾府的运数纠缠在了一起。贾府鲜花着锦的鼎盛时期,也是王熙凤最风光的日子;待到荣、宁失势,贾家气数将尽,不论是家族命运还是王熙凤个人际遇,都只能用"忽喇喇似大厦倾,昏惨惨似灯将尽"这样惨烈的诗句来形容,可叹人世诡谲,她最终竟走投无路。

她的凄惨下场,开始于从前的斑斑劣迹被悉数抖出。抄家时,从她房内查获了不下七八万金的"体己钱",还有成箱的贷券,这是她百口莫辩的罪证。平日就深恨着她但敢怒不敢言的婆娘媳妇们,此刻更是咬牙切齿:果然所有的好处全被她占尽了!

彼时王熙凤正病着,又惊又怕又羞,昔日花容也失了颜色。在她的治理下曾有短暂回光的贾府,也终于到了倾颓的一刻。少不得有人要长叹:合族兴衰,真是成也凤姐,败也凤姐。

这说不尽的"凤辣子",就如一枝罂粟,美得妖冶却也无情。她一会儿是天使,一会儿是魔鬼,一阵儿让人恨不能一时不离,一阵儿又让人恨不能将其剥皮抽筋——正像那柄风月宝鉴里照出来的样子,一面看灿若桃李,另一面看却是骷髅可怖。

世说王熙凤恃才傲物、目中无人,更遑强行凶、坏事做尽,倒也不算全冤枉了她。她逞威弄权、滥施刑罚,动辄便要罚下人"垫着磁瓦子跪在太阳地下",茶饭不给;她敲骨吸髓,克扣、挪用府中月钱,用来放高利贷,每年少说也得翻出上千两银子来,全落入了自己的荷包;她雁过拔毛,就连丈夫贾琏请鸳鸯偷取贾母银器去典押,也必先许诺给她好处……凡此种种,不可胜数,其中最狠毒也最惹非议的,还是弄权铁槛寺、毒设相思局,以及借刀杀人逼死尤二姐这三桩罪恶。王熙凤身上,欠着累累血债。

如此她便被人抓住了把柄,仿佛再不可被宽恕。

依脂批妄自揣度曹公原意,是要写她获罪离家,紧接着被贾琏休弃,与贾宝玉同被拘系在狱神庙中待罪,后被放逐至怡红院扫雪。她本是多病柔弱的躯体，心里又缭绕着物是人非、今夕何夕的感慨，终于短命而亡。只是续书作者高鹗似乎恨熙凤入骨，便将一应罪恶，全使她应了因果之说，故在续书第一百零一回里设置了她月夜遇鬼的情节，甚至最后让她死于冤魂索命。

遇鬼后的第二天，王熙凤一大早就去散花寺求签，竟求得了一支"上上大吉签"，签簿上写着"王熙凤衣锦还乡"，说的是汉朝一个叫王熙凤的人求官的故事。签上又写着：

去国离乡二十年，于今衣锦返家园。
蜂采百花成蜜后，为谁辛苦为谁甜！

讲的虽是别人的故事，却谶语般地预示着凤姐的归结。自出嫁离家，直到二十年后被以死人装裹送返故乡，"衣锦还乡"这个原本寄寓了美好愿景的词语，在《红楼梦》故事里却如此惨淡。回首她的一生，只白费生前的千种聪明、万般计算，荡悠悠都好似三更空梦，轻飘飘被风带走，到最后才看清：世事皆虚无。

有人说，智慧是一种纵横己身于傻与聪明之间的状态。该装傻时要装傻，该聪明时不含糊，方是圆滑境界。王熙凤确实聪明，但缺乏这种智慧。她过于锋芒毕露，事事争强好胜，难免树敌，以致墙倒众人推，操心受罪，劳苦半生，到最后全是枉然，无人同情，只得个"蜂采百花成蜜后，为谁辛苦为谁甜"的怨念。

人生如梦，好景难长。秦可卿早日于梦中对王熙凤"此时若不早为后虑，临期只恐后悔无益"的劝告，言犹在耳，可惜彼时王熙凤正值位高权重、得意忘形的时候，并不懂得。倘若当初听得进去秦可卿的劝告，早作打算，怕也不至于落到这步田地。

夫妻本是同林鸟·琏凤姻

凡鸟偏从末世来，都知爱慕此生才。
一从二令三人木，哭向金陵事更哀。

这是太虚幻境薄命司里，属于王熙凤的那首判词。"凡鸟"相合即繁体的"鳳"字，点凤姐之名。这只卓尔不群的金凤凰，偏偏生错了时代。如她自己所说："若早生二三十年，如今这些老人家也不薄我没见世面了。"又偏托生到了王家，虽有叔叔王子腾从京营节度使升任九省都检点，还能仰仗些许威赫，但毕竟已失了"东海缺少白玉床，龙王来请金陵王"的显贵气象。

世人常将王熙凤与被称为"治世之能臣，乱世之枭雄"的曹操相提并论，甚至戏称王熙凤为"女曹操"。这二人都富有决断的才能，可都时不我与，造化弄人，都扮演了不受人待见的角色。

王熙凤之才恐不让曹孟德，只是照图册里配合着这判词的图画看来，韵味却更悲凉了些。画中是一只失伴孤零的雌凤，倚靠在一片冰山上。冰山虽巍峨，却终会融化，正如王熙凤的运途，后来也随着她依傍的贾府的衰落陡转直下。

自第一百零六回"王熙凤致祸抱羞惭"起,旧日所犯罪恶被逐一揭发,惹得贾政"心里很不受用"自不待言,一时间,众人心中积压已久的怨恨也如干柴烈火般烧了起来,趁机落井下石的岂在少数?

但最令王熙凤寒心的,则是丈夫贾琏的离弃。

依脂批批示,贾琏偷藏的多姑娘的头发,正是压垮琏、凤夫妻情谊的最后一根稻草。被王熙凤发现后,贾琏恼羞成怒,索性一纸休书就把她抛弃了。此时羸弱的王熙凤已再经不起任何折腾,吵闹无济于事,一身本领再也使不出来。面对众叛亲离的结局,她只能把泪水往肚里咽了,浑似个万念俱灰的人,至此已再无多少活下去的勇气。

"夫妻本是同林鸟,大难临头各自飞。"似乎这句话说的就是他们二人。贾琏可谓一个被从小宠坏的花花公子,习惯了他人为自己付出,也习惯了只爱自己,危难到来之际,他从不曾想到要保护妻子,反倒觉得趁机释放了积郁已久的怨气,从此也摆脱了她。

关于爱与温情的希冀,毋宁寄托给风,给涓涓的泉流,也要比给了他多一些慰藉。自始至终,她都是孤单的,贾琏的爱一闪而逝,终不能寄托永远。

这判词的后两句所预言的王熙凤归宿,是个猜不透的谜题,红学上对此歧解颇多。且只由那悲伤的故事里,轻轻拣出一种说辞,横竖都是些凄凉景色,任是怎样的信说谨言,都脱不了那个被休见弃的框框。

"一从",权解为贾琏初得一位美貌娇妻,还是个女中豪杰,自然心花怒放,对她言听计从;"二令"左右相合,正是一个"冷"字,好似激情过后就不再留恋的决绝,从某时某刻开始,他的心再不愿与她靠近;"人木"相合正得"休"字,他最终厌倦了,不管她是一路哭泣着回到了金陵娘家,还是成了一具死尸,被装裹着扶柩返乡,悲剧都是定数。

以凤姐的才高气傲,原不该落得这样凄凉的结局。

可偏偏都是真的,她的夫君贾琏,就在一旁冷眼看着她踏上不归路。

不是没有美好的往昔。新婚日,也许在揭开盖头的一瞬,他们彼此是心喜的,毕竟一个貌美"恍若神仙妃子",一个年少风流、倜傥俊逸。情窦初开的男男女女,谁不会因那些温柔的美好怦然心动?

人说爱情最美的时候,是方始时的那段暧昧。可琏、凤初见时就已知对方将会是与自己相伴一生的人,欲进欲退的暧昧欣喜自然淡了很多,不过多多少少总还会有些新鲜感。彼时映在对方眼中的自己,恰如花才刚刚含苞,没有经历风霜的侵袭,最是纤尘不染;一个环佩叮当,一个巧笑嫣然,夫唱妇随,丽人成双,你侬我侬,羡煞旁人。

曾记得林黛玉父亲林如海病故,贾琏护送林黛玉回姑苏千里奔丧,返还之时,凤姐远远迎出门来,娇俏着递过来这么一番活泼的打趣:

"国舅老爷大喜!国舅老爷一路风尘辛苦。小的听见昨日的头起报马来报,说今日大驾归府,略预备了一杯水酒掸尘,不知可赐光谬领否?"

想来说这话时的王熙凤,必是笑靥如花、风情万种。贾琏一路车马劳顿,回到家中就迎来如此娇妻,便是再多辛苦也立刻抛到九霄云外了,他忙笑道:"岂敢岂敢,多承多承。"自是一番受宠若惊、心中大畅的情态。

倘若这样的情景再多几幕,大观园里也能多一段夫妻和谐的美谈。只怕,那便也就不是《红楼梦》了。

贾琏和王熙凤,本就不是一对普通夫妻。为了维持贾府最后的体面,他们一个打点在外,一个积虑于内,比起夫妻,倒更像工作伙伴,而且凤姐的能力和手段都远在贾琏之上。如此便难免磕磕碰碰,原就残存无几的夫妻感情,很快就被争强斗狠、钩心斗角所吞没,同床异梦、漠然相对,只在朝暮之间。

元妃省亲后,王熙凤未与贾琏商量,便自作主张将园中管理小沙弥道士的活儿派给了贾芹。贾琏知道后非常不满,因为他已许了贾芸。凤姐正在吃饭,听了贾琏的唠叨,只把筷子一放,腮上似笑不笑,瞅定了丈夫,说道:"你说真的,还是玩话?"那不怒自威的神气,分明不容贾琏一句辩驳。

未讨到活计的贾芸这才知道自己投错了庙、拜错了佛,自此只唯凤姐马首是瞻。贾琏权力被架空、颜面无着,面对强势的妻子,又怎会再有半分温柔体恤的念头。

这一仗看似凤姐赢了,但到底因权力争夺而消磨了夫妻情分。丈夫日渐冷淡疏远,她最终还是输了。

不仅如此，这件事也成了日后清算旧账时一笔抹不去的孽债。在第九十三回"水月庵掀翻风月案"里，一首讽刺贾府的匿名揭帖儿赫然张贴在贾家大门口，内容不堪，言语毒辣。贾政知道后，勃然大怒，叫了贾琏来问，贾琏"心里埋怨凤姐出的主意"，自然推得一干二净，担这罪名儿的，自然便唯有王熙凤了。她让贾芹接管水月庵，正给了荒淫无耻的贾芹放任自流的机会：

西贝草斤年纪轻，水月庵里管尼僧。
一个男人多少女，窝娼聚赌是陶情。
不肖子弟来办事，荣国府内出新闻。

因是出于胆大的百姓之手，意在揭露贾府子弟的淫秽行径，此诗风格明显区别于园中公子小姐那风花雪月的格调，充溢着民间谣谚的拙朴气息。

第一句里"西贝草斤"四字两两相拼，正是贾芹的名字。他因讨好王熙凤，才得了管理水月庵的差事。庵里原是尼姑女道，后来多了贾府的几个出家优伶，在一众美丽而妩媚的女子面前，风流如贾芹自然按捺不住。狂花浪蝶的肮脏，却被批上"陶情"的伪饰，更见讥讽的辛辣。

最后两句直接指责荣府上层用人不察，以致败坏了贾氏家族的名声，把个腐烂败坏的贾府痛快嘲骂，大快人心，又使贾府中人莫不羞愧。贾政震怒之后，吩咐赖大到水月庵将一干淫乱人等统统拉了回来。对于这桩家丑的包庇者王熙凤，贾政自然反感异常。事已至此，凤姐还不知悔改，一味推脱，终于招来最后的大祸。

若遵封建伦理，则夫为妻纲，夫主妻仆。可王熙凤不仅占尽了风头，还时常使丈夫下不来台，又因她从小被当作男孩教养，女德意识很弱，对男人三妻四妾的事完全不能接受。贾琏自然希望妻妾成群，享尽齐人之福，素来要强的王熙凤却断然不允。终于你争我打，不得安宁。不论此前如何柔情千般，到此时都已全部付了悠悠如烟云天。

平日里，贾琏处处拈花惹草，凤姐已是有恨，隔三岔五便打翻醋缸，搅得府里鸡犬不宁。国孝家孝时，贾琏竟然偷娶了尤二姐，终于彻底将她激怒，"闻秘事凤姐讯家童"，她决定狠狠报复。

于是接着便有了第六十九回"弄小巧用借剑杀人"，王熙凤充分施展了自己的手段，轻易就利用了秋桐，而她自己则又是亲迎又是主动将尤二姐介绍给众人，赢得了贤名。尤二姐被害得流产后吞金自杀，王熙凤正得意，贾琏来向她讨要料理后事的银子，她只冷冷道："什么银子？家里近来艰难，你还不知道……这里还有二三十两银子，你要就拿去。"一番带刺的话气煞了贾琏，偏他又无可奈何。

贾琏立誓要为情人报仇，他和王熙凤的夫妻情分，到此已荡然无存。

还有一桩事，也是琏凤情意轻易瓦解的缘由，那就是凤姐没能为贾琏生个儿子。在那个时代，重男轻女的观念根深蒂固，男人们大可以用"不孝有三，无后为大"这冠冕堂皇的话来让自己的风流合理化，在外寻花问柳、招蜂引蝶，不仅不觉得有愧于妻子，反倒像为了某种正经使命才如此肆意妄为。而他们的妻子，大多只能忍气吞声，和血咽泪，否则就会招致妒名，而妒忌是"七出"之一，男人也能以此为借口甩来一纸休书。

强硬如凤姐，面对这样的事也不敢正大光明地抗争，终于只能使出一些见不得光的伎俩，害了夺她丈夫的尤二姐，也害了她自己，最后落得个双双惨败的结局。

犹记得当日众人在芦雪庭争联即景诗，凤姐因跟着吃了几口鹿肉，便被众人起哄要她起个头儿。

"一夜北风紧。"她脱口而出便是这一句。彼时屋外是漫天扯絮的飞扬瑞雪，屋内翠衫红袖火盆新添，她那志得意满的光景，却只如刹那芳华。那个时候，谁能料想到后事凄凉？却原来，一切都在这摧枯拉朽的凛冽诗句中有了肇始。

又如她这句诗里形容的，丈夫贾琏的心，竟当真比北风还要凌厉。

不由得惋惜，如果他们不是生在贾、王这样行将就木的腐朽家族，如果他们拥有属于自己的自由，若相识于一个和风暖日的午后，回首轻盈一笑，便将情意互许，也许一切都会改写。爱过恨过便情长，即使缘浅不能相守，终究能保留美好的回忆，此后每个月辉满地的夜色里，都能捧出来细细咂摸。只叹世上恩怨情仇、悲欢离合，终究都没有如果，一切爱恨才更加绵长。

生于末世运偏消·贾探春

在十二正钗中,贾探春位列第四,仅居钗、黛和元春之后,足见曹公对她的偏爱。

她外号叫作"玫瑰"——单是想到那周身的刺儿,就先让人生了几分敬畏,又因那可爱的红艳幽香,有着让人放不下的魅力。对她,欲近不敢,欲远不舍。

这一位有美貌、有帅才、有胆有识的三姑娘,可真是位既爱红妆,却更爱乾坤的女中豪杰。就连泼辣如凤姐,在"大姑子小姑子里头,也就只单畏他五分"。温厚如薛宝钗则说:"我们家里姑娘们就算她是个尖儿。"

贾探春抱负甚高,她竟然敢开邀集闺中诗社的先河,并在《招贾宝玉结社诗帖》中大胆反诘:"孰谓莲社之雄才,独许须眉;直以东山之雅会,让余脂粉。"分明有一股子巾帼不让须眉的豪气。

"莲社"出自东晋典故,指释慧远等十八名贤人所结的白莲社,他们吟诗著文,留下了传世佳话。"东山"之典也是在晋朝,东山本是谢安隐居的地方,谢安与王羲之等高士交游畅谈,与"莲社"一样，都是史上著名的雅集。贾探春想要组起一个以女子为主的雅社，在主张"女子无才便是德"的时代已是惊人之举，又搬出圣贤榜样，其志向不可谓不远大。

虽困居深闺却难抑其志，她曾说："我但凡是个男人，可以出得去，我必早走了，立一番事业，那时自有我一番道理。"这样的胸怀抱负，倒令人想起了后世奇女子秋瑾的名句："休言女子非英物，夜夜龙泉壁上鸣。"——不要小瞧女人，且看我的宝剑，日夜都在铮铮作响，想着杀敌立功呢！

可怜她虽然有成就一番作为的心愿，却身陷家族颓败的泥沼，只得个魂归薄命司的结局。生不逢时，无怪乎其判词叹曰：

才自精明志自高，生于末世运偏消。
清明涕送江边望，千里东风一梦遥。

她在清明时节远嫁他乡，自登上那条迎亲的大船，挥泪告别了家人好友，她那如风筝般飘摇的命运就永远定格了。

贾探春的相貌，曹公只用了简单语句就令人难忘："俊眼修眉，顾盼神飞，文彩精华，见之忘俗。"她那双明亮的眸子里，透出笃定与坚强，却隐藏了她内心时刻存在的提防。

她的母亲赵姨娘是贾政的妾，因这庶出的身份，又因为亲娘常常"着三不着两"，倔强如贾探春，越是要处处不落人后，才能压过心里不时探头的自卑。

也因为这份自卑，她对世态炎凉倒能觑得更真切些："一个个像乌眼鸡，恨不得你吃了我，我吃了你！"对贾家子孙那绣花枕头的本质,她也是早就有所警惕,对家族最后败落的前景,亦有预感。夜检大观园时,她便冷冷警告:"你们别忙,自然连你们抄的日子有呢……这是古人曾说的'百足之虫,死而不僵',必须先从家里自杀自灭起来,才能一败涂地!"

那晚抄检时,其余各处无不惊恐万分,只有贾探春"秉烛开门而待",一副招惹不得的架势。待到抄检的人进得门来,她高调摊开自己的所有东西,让他们细细地翻,只是不准他们翻检丫鬟的东西,全然一副体恤下人的姿态,侍书等一众丫鬟想必深感温暖。喝了两口酒就"心下没有成算的"王善保家的,为示自己有脸面,竟然敢翻掀贾探春的衣裳,结果挨了贾探春结结实实一个嘴巴,真叫人感叹"刺玫瑰"所言非虚。

贾探春有胆有识,有勇有谋,颇秉须眉的意气。脂砚斋评贾探春道:"看得透,拿得定,说得出,办得来,是有才干者。"乍看去,贾探春恍然就是小姐版的王熙凤,精明能干,有心机,敢决断,只是比起凤姐的唯利是图来,贾探春更为纯洁,多了几分公正,对整个家族也更有责任感,每每有机会,她便想力挽狂澜。

面对财源枯竭、矛盾重重的状况,贾探春"正名分""别等级",经济上开源节流,确有作为。只不过此时的贾府早已千疮百孔、病入膏肓,任她怎样苦心经营,无非只是"清明妆点",枉费了她的"补天"宏愿。

除了不容冒犯的威严和治家理事的才干,平日里贾探春也不失深闺秀女的优雅婉转。她刚柔相济、多才多艺,所以王熙凤要叹:"他又比我知书识字,更利害一层了。"

"烟霞闲骨格,泉石野生涯。"这是贾探春的居所秋爽斋西墙上的对联,是颜鲁公的真迹。核心"闲""野"二字,正配合她房间的格调——贾探春"素喜阔朗",三间屋子"不曾隔断",室内的几案、鼎、盘也无不以大气为主,一扫闺阁甜腻的气息。

除了从室内陈设风格上窥见贾探春的超逸胸襟,她在诗社活动里的表现也极富个人特色。相对别人那些柔软纤敏的雅号,贾探春为自己定下了"蕉下客"的称号,颇有中性味道,正与她压倒须眉的心性相合。

海棠诗社创建起来后,贾探春作了一首《咏白海棠》。当时是由贾迎春限韵,她任意抽出一本书来随手一揭便定了,倒是符合贾迎春的风格。之后,贾探春作为东道主作了首唱,起调便不俗。

> 斜阳寒草带重门,苔翠盈铺雨后盆。
> 玉是精神难比洁,雪为肌骨易销魂。
> 芳心一点娇无力,倩影三更月有痕。
> 莫谓缟仙能羽化,多情伴我咏黄昏。

首联起始便有不避寒凉的味道,俨然贾探春的气度,可在那斜阳映寒草、青苔雨后丰的景象里,还是充满了"生于末世运偏消"的命运暗示。不仅是贾探春,还包括钗、黛等海棠诗社的诸多成员,纵是冰肌玉骨、纤尘不染的风神品格,终会在不久之后一一坠入悲剧的深渊。

后来,诗社又约定众人齐作菊花诗,还规定"总不许带出闺阁字样来",正合贾探春胃口,于是她挥毫泼墨,便有了这首《簪菊》。

瓶供篱栽日日忙,折来休认镜中妆。
长安公子因花癖,彭泽先生是酒狂。
短鬓冷沾三径露,葛巾香染九秋霜。
高情不入时人眼,拍手凭他笑路旁。

所谓"簪菊"即插菊花于发髻的古代习俗。贾探春笔下是一个爱菊成痴的人,他不仅日日瓶中供菊,还亲自栽种菊花。到了九月初九重阳日,爱菊人轻折花枝插在发间,揽镜自照,笑言:可莫要把菊花错认作珠花!

自古以来,爱菊者岂独诗中一人?唐人杜牧曾诗"黄花插满头",晋人陶渊明更是"九月九日出,宅边菊丛中坐,久之,满手把菊,忽值弘送酒至,即便就酌,醉而归",皆是同路之人。

颈联作为全诗诗眼,是最引人注目的句子。贾探春性灵,将菊花比作"三径露"和"九秋霜",分明傲雪欺霜的动人形状,说尽菊之风骨,又用陶渊明葛巾漉酒的典故,更增文雅。最后,再于尾联中拔高境界:世俗之人,不能理解高尚的情操,就让他们在路上见了诗人醉酒插花的模样拍手大笑吧,我仍我行我素。

此诗清雅自然,气象超拔,所以被众人推为第四,仅居"诗魁"林黛玉之下,排在薛宝钗和史湘云之前,贾探春虽常有"慕薛林之技"的清醒认识和自谦之辞,仍旧是贾家姐妹中诗才最高的一个。

当日菊花组诗中,还有一首出自贾探春笔下的《残菊》:

露凝霜重渐倾欹,宴赏才过小雪时。

蒂有余香金淡泊，枝无全叶翠离披。
半床落月蛩声病，万里寒云雁阵迟。
明岁秋风知再会，暂时分手莫相思。

又是一首层次井然、譬喻传神，读来朗朗上口的好诗，堪称七言珍品。

只从诗歌本身看，此诗深具文学美，不输前人，然而似乎还暗含着玄机。细细品读，原来幽幽然弥漫着一股凄凉气味，预示着大观园众女儿日后风流云散的惨淡结局。

唐代诗人白居易《晚秋夜》曾有诗咏残菊曰"花开残菊傍疏篱，叶下衰桐落寒井"，由贾探春的诗题，似乎已可想见这般凄凉景象。寒凉惨淡，露浓霜重，一切都仿佛预言着贾家的命运。昔日的热闹风光，都将在"小雪"后逐渐消歇，"金淡泊""翠离披"，皆是未来命运的惊心暗示。不久以后，便会只留落月寒云、蛩声阵阵，令人伤心颓丧。包括贾探春在内的园内群芳，都将在劫难逃。

"万里寒云雁阵迟"的景象，正和贾探春判词里的那句"千里东风一梦遥"相呼应——书中，贾探春最后嫁到了梦魂难度的远方，鸿雁无法传书，到底是音信全无了。"明岁秋风知再会，暂时分手莫相思"不过是两句无用的安慰，虽坚强明朗，正合贾探春的口吻，毕竟饱含深深的无奈。明年今日此时，纵使秋风又起，金菊复开，一切仿佛与眼下并没有什么不同，可终会发现，那些同赏花共赋诗的温柔男儿、美丽少女，再也见不到了。

暂时分手便是永诀，道一句"莫相思"，实因无望的相思太苦。

　　一帆风雨路三千，把骨肉家园齐来抛闪。恐哭损残年，告爹娘，休把儿悬念。自古穷通皆有定，离合岂无缘？从今分两地，各自保平安。奴去也，莫牵连。

　　终于到了这一天，身后是送行的家人，前方是迎亲的盛大阵仗。等待贾探春的，是早已注定的远嫁命运。
　　在高鹗续的书里，贾探春嫁给了镇海统制周琼的儿子。周琼是贾政的旧交，这对小夫妻也算门当户对，不过贾探春出嫁后不久还曾返京省亲，这一安排，恐怕委实违背了曹雪芹的原意。第一百回"悲远嫁宝玉感离情"里，贾宝玉因为贾探春出嫁而伤心难抑，贾探春倒说出了一番符合纲常的得体话，直说得贾宝玉低头不语，后来竟然又转悲作喜，似有醒悟之意，更是不合那顽石的秉性。
　　贾探春的远嫁，远不止父母婚配这样简单。
　　依这首梦曲《分骨肉》来看，贾探春所嫁之处，大概是更远的地方，需坐海船方能到达。有人提出过充作公主远去和亲的说法，也非全无可能；她所嫁的家庭，也该比镇海统制的级别更尊贵些，甚至可能是海外王室，由此诗中"穷通皆有定"的说法才有了着落。然而万事所成莫不要付出代价，由位卑的妾室之女到显贵人家的儿媳，可谓由穷至通，可骨肉相离，一去不返，也便是不能避免的了。
　　因为再见无期，告别时才会更加难舍难分，充溢着不祥的预感。

满腹的话说出来，却全是对父母的关怀和劝慰。确实，以贾探春的坚强心性，纵使悲痛欲绝也不会号啕悲啼，无非是强忍泪花，把痛苦遮了掩了，叮嘱双亲须保重身体，勿因思念女儿以致"折损残年"。从今别后，唯有各自珍重，期待再见面的一天。

他们大抵都是清楚的，重聚之日已遥遥不可期。

关于这样的结局，贾宝玉当日在太虚幻境里就曾见过，可惜那终归是个梦境，他醒来便已忘记，只让提前洞悉了悲剧的读者陷入巨大的痛苦里。在属于贾探春的判词旁边，画中有两个放风筝的人，一片大海，一只大船，船中一个女子正掩面涕泣，便是贾探春。

她的远嫁命运，在书中多处都有暗示。第六十三回"寿怡红群芳开夜宴"里，众人纷纷掣签，贾探春信手抓出一根杏花签，上题："日边红杏倚云栽。"

这一句出自唐代高蟾的《上高侍郎》。

> 天上碧桃和露种，日边红杏倚云栽。
> 芙蓉生在秋江上，不向东风怨未开。

因这首诗是再次"下第"的高蟾向当时的权贵高侍郎所献之作，前两句极尽金碧辉煌、精工整饬之能事，既诉尽得第登云者的风光，又不忘讴歌皇恩雨露；后两句中又陈说自己生不逢时与怀才难遇的遭际，话虽含蓄，但不失狂放与洒脱之态，虽是上呈之作，却难得不卑不亢，不见媚态。

杏花签上还有注道："得此签者，必得贵婿。"一下子便引来了众姊妹不依不饶地打趣："我们家已有了个王妃，难道你也要是王妃不成。"她们非要灌酒，贾探春娇羞推让，还是被灌了下去。贾探春事事力争上游，得此吉兆，想必当时她心中也该欢喜不已。

只未料到这"贵婿"竟隔得那么远，远到她出嫁后，连在梦中与亲人相见都是那样不易。从此后，她真如自己曾说过的那样，孤身一人远远离家了。

所谓骨肉至亲，做父母的怎会舍得把女儿嫁到那样山高路远的地方，以至于生离作死别。可是，在那个庞大的家族里，贾探春的生母赵姨娘是没有话语权的，更何况，在那遍布利益纠葛的宅院里，她早已冷了心肠。书中但凡贾探春与赵姨娘同时出现的场合，总弥漫着或浓或淡的尴尬与疏离，本应贴心备至的母女，却以畸形病态的关系相处着，令人不能不叹。可若因此就说贾探春与生母之间当真片情不存，怕也未必。

后人读红楼，多作"生女莫若贾探春"的叹息。乍看来，贾探春对生母的决绝态度，委实不孝极了，可一贯"脸上淡淡的"贾探春，内心却也压抑着浓浓的无奈与辛酸，全是为了争得一份尊严。

她的心，无时不在挣扎与纠结。

空挂纤纤缕，徒垂络络丝，也难绾系也难羁，一任东西南北各分离。

落去君休惜，飞来我自知。莺愁蝶倦晚芳时，纵是明春再见隔年期！

这首咏柳絮的《南柯子》，便是贾探春纠结心境的最好表达。她平日给人的印象，最是冷静、理性、务实，纵然心有千千愁结，从不轻易向人言说。只有诉诸笔端时方露出些许痕迹，刺玫瑰一样的贾探春，却原来也有着无奈的灵魂，孤苦漂泊，无所依凭。

贾探春其实只填了上阕，下阕是贾宝玉的续笔。起首两句"空挂纤纤缕，徒垂络络丝"，重音叠字，读来点点滴滴、缠缠绵绵，轻易便将纷扰难解的诗境渲染出来，贾探春内心繁愁交杂的抑郁惆怅，借由满心满眼的柳条依依、柳絮翩翩婉转表达；一"空"一"徒"，更流露出她低沉的情思和无可奈何的慨叹。

世事洞明的她，已预感到贾家分崩离析、姐妹凋零漂流的必然结局，想要留住眼前欢聚时光的希冀，虽然借以"绾系"和"羁"的字眼表达分明，这样的牵绊和束缚，注定终会是一场徒劳。

孤苦漂泊，包括贾探春在内的所有大观园里的女儿，都无法逃脱这样的命运。

贾宝玉的续笔，也是因类似情绪而生的无奈叹息，不过披了看似豁达的外衣罢了。柳絮落去飞来，只如一场轮回。纵然明年花还会再开，柳絮还会重来，终究是时过境迁的光景，更何况人不是物，"年年岁岁花相似，岁岁年年人不同"。

若是这首词全由贾探春填完，想必下阕又会是另一种调子。面对"莺愁蝶倦"四散纷飞的前景，虽有清明洞察，但她毕竟是贾探春，她既能在诀别时发出"奴去也，莫牵连"的快语，便轻易不肯将哀怨完全显露于人前。

不管心里有多少忧伤，贾探春总能用更多乐观来掩饰。

那年上元节，众人拟春灯谜。贾探春所拟灯谜的答案，是被父亲贾政猜出来的。

> 阶下儿童仰面时，清明妆点最相宜。
> 游丝一断浑无力，莫向东风怨别离。

贾政猜出谜底是风筝，贾探春只笑道："是。"似乎那只是一个普通的灯谜，她尚且浑然不觉自己如风筝般游离无依的命运。贾探春的一生归属，皆在遥应这初时的谶语。她出嫁时，实在是个最不宜婚嫁的时令——清明；将她带离了家乡，让她从此梦魂无所寄托的，也是一股扯断游丝带来离别的东风。

猜出灯谜的贾政心情沉重，他素来疼爱贾探春，见女儿作此"飘飘浮荡之物"的不祥谜语，对她的前路非常担心。由此来看，高鹗续篇里那封与贾政议探春婚事的书信更有可能违背了曹公的本意。按这信中透露，因与周琼"金陵契好，桑梓情深"，贾政便喜滋滋急闪闪地，把贾探春许给了周琼的儿子。何况书信所用的骈四俪六的文体，本是曹雪芹素常最厌的。

妄自揣度，若按曹公初衷，贾探春的远嫁极有可能是政治博弈下的无奈结局。作为败落之家的优秀女儿，被家族献出去，似乎也在情理之中，而何去何从，她自己没得选择。

只从这首灯谜看来，儿童嬉笑仰观的风筝，高高在上，就像那"不敢云百辆之迎，敬备仙舟以俟"的迎亲仪仗一样风光，可是张灯结彩的辉煌背后，隐藏了怎样的辛酸，就难以道尽了。风筝不过是用来"清明妆点"的，只"看上去很美"罢了，而贾家探春，也可怜地成了装点这"清明盛世"的祭品。

　　书中绵长的伏笔，总能把很多情节牵扯在一起，让人更觉命运的乖蹇。第七十回里，众人方评过贾探春的柳絮词，就见一个风筝挂在竹梢上，于是他们又兴致勃勃地要放风筝去晦气，贾探春那一只软翅子凤凰风筝被曹公特地打上了聚光。要将线剪断时，天上又出现了个不知谁家的凤凰风筝，与贾探春的绞在一处，正不开交，一个门扇大的"喜"字风筝也飞来绞在一处，最后竟是三下里齐收乱顿，线全都断了，三个风筝飘飘摇摇都不知飞去了何方。

　　在八十回后不久，曹公大抵就该写到贾探春的远嫁了，只可惜原稿佚失，高鹗对贾探春的命运安排——不论是嘱众人"放心"后便辞别而去的远嫁场景，还是世俗味浓重的归省排场，都失了味道，难免让人遗憾。

桃李春风结子完·李纨

"节烈难么？答道，很难……节烈苦么？答道，很苦……女子自己愿意节烈么？答道，不愿……不利自他，无益社会国家，于人生将来又毫无意义……节烈的女人，岂非白苦一番么？可以答他说：还有哀悼的价值。"在《我之节烈观》里，鲁迅先生如是说。

大观园里便有这样一位守节一生的"可悼之人"——李纨。

"纨者，完也。"因丈夫早夭，年纪轻轻便守寡独居，她真可谓未亡而亡。活着，却如同死了一般，只如一座活牌坊，空自标榜着国公家那点犹存的"气节"。

曹公将这一寡妇搬进姑娘小姐们才有资格入住的大观园里，还给足了她戏份，大凡重要场景都不曾遗漏了她，还使她入了薄命司"金陵十二钗"之列。这份关注与痛心，倒与鲁迅卓见虽隔数百年而遥相呼应。

被介绍给林黛玉，是李纨的第一次登场，她被称作"珠大嫂子"，时刻提醒着旁人和她自己那寡妇的身份。其时，她不过芳龄正好的年轻女子，尚有姣好的容颜、温婉的举止，也还残有对未来的些许美好向往。可"寡妇"身份如一张蒙面的白色帕子，常叫人忽视了她的美艳芳华。

时代压制和卫道夫的凌厉眼神，使懦畏的她把很多年轻的美好和幻想一并放弃了，随着丈夫的离世，李纨只剩了一副死灰其中的锦绣躯壳。

元妃省亲那日，命众姐妹题咏，因李纨也在其中，只好"勉强凑成一律"。这"勉强"二字妙极，正合配李纨自甘苦淡的性格。她所作的，正是这首题咏大观园的《文采风流》。

秀水明山抱复回，风流文采胜蓬莱。
绿裁歌扇迷芳草，红衬湘裙舞落梅。
珠玉自应传盛世，神仙何幸下瑶台。
名园一自邀游赏，未许凡人到此来。

诗思平淡、遣词寡味、口吻谨慎，正是李纨的手笔。勉强而成的诗词，只能暴露出李纨的才力不逮，倒不如不作。却是贾宝玉生日那夜，她抽取的那支花名签，才能婉转道出她的境地。那签上绘着一枝老梅，题着"霜晓寒姿"四字，下面是一行旧诗："竹篱茅舍自甘心。"这句诗出自宋代王琪的《梅》：

不受尘埃半点侵，竹篱茅舍自甘心。
只因误识林和靖，惹得诗人说到今。

林和靖是北宋诗人林逋，他隐居西湖孤山，不仕不娶，以梅为妻，因写出了"疏影横斜水清浅，暗香浮动月黄昏"的名句，为梅花争得了个"暗香疏影"的代称，而他自己也成为后来赏梅人临景欲赋时绕不过的话题。

以赋梅诗来比李纨，再合适不过。李纨隔绝于世、随遇而安，曹雪芹以宠辱不惊的老梅比之，"霜晓寒姿"透着十足的清幽苦涩，曹公的深切同情与惋惜也就不说自明了。林和靖以梅为妻，有梅才快乐，无梅而孤独，这关系正如李纨和其子贾兰，倘若没有贾兰，李纨一人孤独终老，委实更可怜得紧；有贾兰在身边，她就像沙漠里的独行人在即将渴死时见到了绿洲一样，以为有了希望，于是不顾一切地扑过去，谁知却是海市蜃楼。

在大观园里，看上去性情最恬淡的非李纨莫属，不管她这性格是出自主动的选择，还是被逼的无奈。下人心目中，她是一尊面善心软的活菩萨；众小姑子眼里，她是一位能和大家品诗吃酒一起玩耍的温柔嫂子；在贾母看来，她是"带着兰儿静静儿的过日子"，让人省心的孙媳妇，于是特许她住到大观园，便算是嘉宠了。

李纨的住处名字简单，叫"稻香村"，布置简朴，其外只用"一带黄泥筑就矮墙，墙头皆用稻茎掩护"，里边是"数楹茅屋"，随其曲折，用各种颜色的嫩树新条编就两溜青篱，"下面分畦列亩，佳蔬菜花，漫然无际"，俨然一派"竹篱茅舍"的农家风光。结诗社时，她给自己起的雅号是"稻香老农"，似也在表达她的清心寡欲和寂寞自得。

她与世无争，其实也是消极避世，一日日似乎只为消磨时光而活,旁人于她,竟如不存在一般,她绝不肯让自己卷入任何是非。

对这种行尸走肉般的生活,旁人看来索然无趣,她却甘之如饴。在第四回开头,曹公就给她立了个小传:"这李纨虽青春丧偶,居家处膏粱锦绣之中,竟如槁木死灰一般,一概无见无闻,惟知侍亲养子,外则陪侍小姑等针黹诵读而已。"

这一派形容,便叫人想起了唐代诗人孟郊《烈女操》中的诗句:"誓不起波澜,妾心古井水。"这似乎就是李纨信守的戒律。她只在等待,等待大限到来,她将因一世守寡而被万人称颂。

唯一让她舍不下的,也是她唯一的希望、唯一的爱,便是儿子贾兰了。夫死从子,她将所有的希冀全寄托在儿子身上。她决意用自己牺牲一切赢取的虚名,为儿子积攒下一个尚可期许的未来。如是,她的判词自然也离不得贾兰。

> 桃李春风结子完,到头谁似一盆兰。
> 如冰水好空相妒,枉与他人作笑谈。

为这首判词所配的图画里,亦有一盆茂兰,旁边是一位凤冠霞帔的美人。春光易逝、桃李易凋,首句既含李纨的闺名,又将其悲剧根源交代得分明,正是受了鲁迅先生所谓"历史和数目的无意识的圈套",她在缓慢如抽丝般的无望光阴里,活一日便忍受一日的煎熬。可怜如冰似水的节操,到头来只成了他人的笑谈。

对自己,她是彻底妥协和灰心了,然而在儿子身上,她用尽了心思。"李纨课子"是独属于她的一幅美人图,她为儿子设计的光明大道是科举仕途,如此便必须苦心孤诣,务令文武双全,除了读圣贤书外,还不能忘了训练其狩猎的武功。

于是,曹公笔下便有了这个用一柄小弓追赶两头小鹿的孩子。

唯有寡母扶持长大的孩子,从小便失了天真。几乎整个家族都围着宝二叔大献殷勤,贾兰只能用一双敏感的眼睛,警惕而谨慎地审视四周,以随时捍卫自己的尊严。书中第二十二回贾政命晚辈们猜制灯谜一事,便是个例子。

大家都到齐了,唯独不见兰哥。贾政询问起来,李纨便起身笑着解释:"他说方才老爷并没去叫他,他不肯来。"众人都笑:"天生的牛心古怪。"

却不知这古怪里,满是斟酌人心的无奈。

立时贾政便忙遣贾环并两个婆娘去请,贾兰这才姗姗来迟。为示安抚,贾母让他坐在自己身边,抓取果品给他吃。想来此时的贾兰,心中极可能在暗自发愤,要早日成人,还要出人头地。他想要赢得尊重,以回报母亲的艰辛。

寡母扶持幼子的艰辛,自不必多言。为此,李纨还颇担了些吝啬和自保的骂名。

古来解读红楼者,对李纨不是嘲笑,就是批评,说她平日里无非与园中姐妹周旋游乐,边缘而低调,然而却是极聪明的——她清楚地知道自己应当扮演的角色,宁担"失之过宽"的无能之名,也要为老来荣华周密打算。

譬如初组海棠诗社时,李纨带领众姊妹去向王熙凤讨要活动经费,王熙凤虽不大乐意,却也不能做大观园的反叛者,只是凤姐定然也是不肯暗暗吃亏的。经她一番抖搂，李纨的吝啬便昭然若揭了。

因被同情为"寡妇失业的"，在荣府里，李纨所领的月俸竟和贾母、王夫人平等；她还出租园子地，收取租金；年终分年例，也是上上分儿。一年通共算起来，有四五百银子。这在外强中干的贾家，算是相当稳定和丰厚的进账了，然而作为诗社掌坛人，她却连十几二十两的数目都不肯拿出来，委实算得上"吝啬"。但她也有她的苦衷，攥紧银子，自然是为将来母子二人备不测计。

在这方面，李纨确也有过人之处。续书中写她与贾母等人掷骰子行令，李纨行的酒令是："寻得桃源好避秦。"对贾家将来必然败落的前景，她隐约有着预感，他们孤儿寡母，只得处处早做打算，万事不管，只求自保。

可惜到头来，却是空梦一场、算盘落空。梦曲《晚韶华》便是明证：

镜里恩情，更那堪梦里功名！那美韶华去之何迅！再休提绣帐鸳衾。只这带珠冠，披凤袄，也抵不了无常性命。虽说是，人生莫受老来贫，也须要阴骘积儿孙。气昂昂头戴簪缨；光灿灿胸悬金印；威赫赫爵禄高登；昏惨惨黄泉路近。问古来将相可还存？也只是虚名儿与后人钦敬。

丈夫的"镜里恩情"和儿子的"梦里功名"，看似繁花似锦，却原来尽是虚空幻景。韶华流逝、朱颜易改，李纨用尽一生的蹉跎、一世的节省，只想求一份俗世安稳，然而归了薄命司的她，注定得不到命运的厚待。

"为什么欢乐总是乍现就凋落，走得最急的都是最美的时光。"这本是诗人席慕蓉的感慨，纵然隔着无尽时空，却也可能是李纨的困惑。不过，倘若从李纨口中叹出，除了悲伤的情绪，一定还有无尽的哀愤。有丈夫相伴的时光，总算是有寄托，然而终究短暂；家族败落后，贾兰虽争气地考中了举人，她也被加封诰命，戴珠冠，披凤袄，风光一时，实现了望子成龙、母凭子贵的心愿，却仍如昙花，方才初放又匆匆枯萎。

算不准的，是无常的命运；逃不脱的，是那"昏惨惨黄泉路近"。只由梦曲来辨，究竟是李纨早逝还是贾兰早逝，数百年来读者争论不休。不过，她终归是木木然荒废了一生，横竖是个悲剧。什么是幸福，她从不知道，她只知道束缚了幸福的虚名——节名与功名。正是它们将她毁灭，与之合谋的，还有信奉"女子无才便是德"的家庭，还有她从小熟读的《女四书》《列女传》《贤媛集》，还有那些所谓的"前朝贤女"榜样。她的幸福，正是由它们合力绞杀。

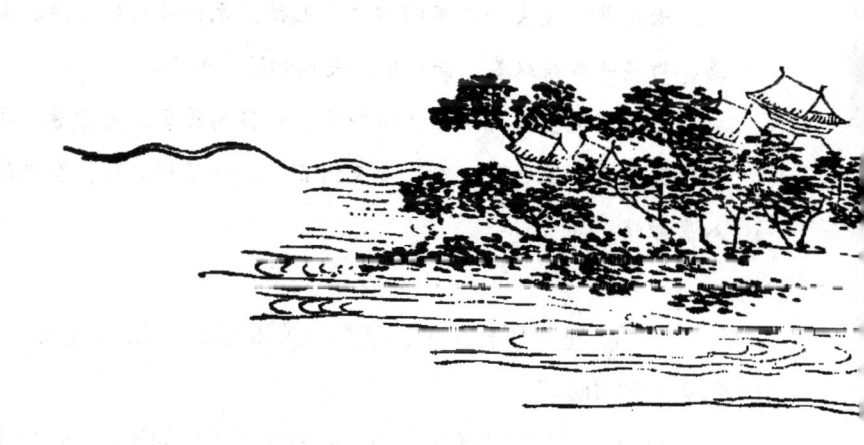

第六章 好事终·平淡是真

桃红又是一年春·花袭人

蒋玉菡是忠顺王府里的一位戏班伶人,艺名"琪官"。在第二十八"蒋玉菡情赠茜香罗"这一回里,他与贾宝玉、薛蟠一道,在冯紫英家中饮酒行令作乐。在素不习诗书的薛蟠吟罢一首滥淫之曲后,蒋玉菡行了四句酒令,又歌了一支曲子。

女儿悲,丈夫一去不回归。女儿愁,无钱去打桂花油。女儿喜,灯花并头结双蕊。女儿乐,夫唱妇随真和合。

可喜你天生成百媚娇,恰便似活神仙离碧霄。度青春,年正小;配鸾凤,真也着。呀!看天河正高,听谯楼鼓敲,剔银灯同入鸳帏悄。

然后,他干了杯中酒,拿起一朵木樨花,念出了酒底:"花气袭人知昼暖。"

此时此刻,窗外凉风习习,听着席间美妓的琴音,这群富贵闲人,倒也颇懂得附庸风雅、呷品闲趣。

虽说《红楼梦》不是谜书，不可句句比附，然而，蒋玉菡的这一番婉转，却与他日后造化息息相关。此刻他全然是为助酒兴而填词造曲，那一唱三叹的悲愁喜乐，那幸得娇妻的兴奋难抑，意思还不甚明朗，到八十回后，蒋玉菡与花袭人共结连理，看鸳鸯配对成双，读者这才恍然惊觉这酒令词中暗藏的隐曲。

冯紫英家中这次小宴，蒋玉菡与贾宝玉初次见面，便一见如故，逃席出来互赠礼品，蒋玉菡的茜香罗大红汗巾换了贾宝玉的松花汗巾。后来贾宝玉尽兴而归，怡红院的首席大丫鬟花袭人前来服侍的时候，才发现贾宝玉腰间汗巾变了模样。

贾宝玉赠给蒋玉菡的松花汗巾，原是花袭人所有之物。见此情形，花袭人不无嗔怪地说："你有了好的系裤子，把我那条还我罢。"贾宝玉自知理亏，趁她睡着，将那条茜香罗系到花袭人腰里。

多少才子佳人、风月情事，多少隐秘的缱绻，都因汗巾、手绢这类小物件才牵扯出来。贾宝玉无意间，替花袭人与蒋玉菡交换了贴身物品，日后他们果成姻缘，这大媒自是贾宝玉了。再回头看看当日琪官的唱词，却原来是大有玄机。月下老人的红线，早已将他们今生牵牢。

因为家贫，花袭人自小被母兄折卖贾府，初时充作贾母的侍婢，名唤珍珠。贾母爱她心地纯良、认真尽责，便给了贾宝玉做房中丫鬟。自诩高雅的贾宝玉，嫌珍珠这个名字太俗气，改为"袭人"，由陆游的诗句"花气袭人知昼暖"化来。这名字本也雅致得紧，偏生严苛又不解风情的贾政觉得"刁钻"，还骂了贾宝玉一顿。

第六章 好事终·平淡是真　　161

她自小便是个卑贱的丫头，不止一个小小的名字，对自己的命运，她也左右不了半分。对这样的事实，她倒自然且坦然地接受了。

一次路过果园，看果树的老祝妈为讨好她，摘个果子要给她尝，却被她严词拒绝了："这那里使得。不但没熟吃不得，就是熟了，上头还没供鲜，咱们倒先吃了。你是府里使老了的，难道连这个规矩都不懂了。"

严明自律到如此地步，自然算得是读者口中"奴性"深重的把柄。只是，她在书中一露面，便已是大丫鬟的身份，却可知这一路走来，虽然贾家"并不朝打夕骂的"，但身为贱婢，哪一步不需要她赔着小心，伴着心酸和苦涩艰辛走来呢？纵是委屈满腹，也只有含泪咽了——贾宝玉误踢了她，伤至吐血，她却瞒着藏着，不敢惊动上面。花袭人深知贾宝玉与乳母李嬷嬷不对付，常委屈了自己，生怕他们起了冲突。凡此种种忍耐，书中俯拾皆是。

若论长相，花袭人"细挑身材，容长脸面"，在美女如云的大观园中，算不得十分出色，然而正是这个模样平凡的姑娘，却是最能得贾府上面赏识与垂怜的一等丫鬟，终归不可小觑。难怪有人说"袭为钗副"，她的魅力，正在于那"宝钗式"的温婉和平的处事方式和游刃有余的应对本领。

所以，不喜薛宝钗的人，自然也不会放过花袭人，便说她是绵里藏针，一心想要攀上宝二姨娘的宝座。贾宝玉挨打后，花袭人在王夫人面前的一番禀报，也就成了邀功进谗的洗刷不去的铁证："论理，我们二爷也须得老爷教训两顿。若老爷再不管，将来不知做出什么事来呢……以后竟还教二爷搬出园外来住就好了。"接着她又大发议论,只拣着上头想听的话说,唬得王夫人大为感动,连赞花袭人:"我的儿,你竟有这个心胸,想的这样周全……我就把他交给你了。"从此王夫人便视花袭人为膀臂心腹,暗中扶为"准姨娘",一应吃穿用度,全是姨娘的规格。

若照这样下去,所谓花袭人的"姨娘梦"倒也指日可待了。但是,"金陵十二钗"副册中属于她的那首判词,却全是别样风景:

枉自温柔和顺,空云似桂如兰;
堪羡优伶有福,谁知公子无缘。

与判词相配的图画上,画着一簇鲜花和一床破席。一簇鲜花易解,袭人姓花,又因"花气袭人"得名,此诗所咏自是她无误,只是画中的一床席,为何是破旧的?这番譬喻,隐有不光彩之意,难道果然如一些红学家所言,曹公对花袭人颇有鄙斥?

曹公之于花袭人,是否真如大多学者所认为的那样,是批判大于惋惜的立场,我不能确定。然而,"温柔和顺""似桂如兰",本都是美好的词汇,加了"枉自""空云",赞赏也确实变得敷衍了。后两句更是说到关键,"优伶有福"而"公子无缘",分明调侃的是蒋玉菡和贾宝玉。

花袭人命途,原本是一眼望得到尽头的旅程,固然缺乏风景,却也现世安稳,所以她就把一颗心全系在了贾宝玉身上。他们朝夕相处，当然不乏依恋，贾宝玉又是个最会讨女孩欢心的人。然而这到底是不是爱情，颇可怀疑。毕竟，即使在与贾宝玉"初试云雨情"的当儿，花袭人心中想的仿佛也只是身份和出路。但毋论真心也好假意也罢，到头来，自身难保的贾宝玉，给不了她想要的幸福。那段暧昧不明的亲密时光终会过去，即便有缘也将缘尽，令人空叹罢了。

虽然现在已看不到曹公所著的八十回后真面目，然而结合脂评，高鹗续书于花袭人的命途安排上，倒颇合曹公的原意。在那"宁娶大家婢，不娶小家女"的时代，离开贾家，花袭人还是能够寻得个明朗前途的。即使蒋玉菡天下扬名，娶了花袭人这样公侯大家的侍女，也会欣喜如他此前酒令中那样："可喜你天生成百媚娇，恰便似活神仙离碧霄。"

正是风雨飘摇的时节，失去林黛玉的贾宝玉成日里恍恍惚惚，诸事无心，哪里还顾得上花袭人。续书中，后来贾宝玉离家，"丈夫一去不回归"，这是花袭人之"悲"；家财被罚没，"无钱去打桂花油"，又是花袭人之"愁"。

花袭人正是在这困顿无望中，迎来了属于她的春天，一如她昔日抽到的那支桃花签上所书："桃红又是一年春。"

那是一场花团锦簇的群芳宴。当晚大观园的姐姐妹妹们都在座，大家轮流抽取花名签。轮到花袭人时，掣出的就是这支桃花签。签上这句诗幻化自宋代谢枋得的《庆全庵桃花》：

> 寻得桃源好避秦，桃红又是一年春。
> 花飞莫遣随流水，怕有渔郎来问津。

花袭人抽中这签，或许正暗示着她将逃离那一片狼藉。她和蒋玉菡的姻缘，在前八十回中已由曹雪芹亲自设伏笔。一对美鸳鸯的缘定今生，说是蒋玉菡的造化也好，说是花袭人的幸运也罢，总之，她后来虽失去了贾宝玉，但蒙上天眷顾，还是得着了一个值得珍惜的好丈夫。

蒋玉菡本是名伶，生得"面如傅粉，唇若涂朱，鲜润如出水芙蕖，飘扬似临风玉树"，更难得的是他并非一个徒有其表的绣花枕头。从贾宝玉口中可知，蒋玉菡一直忙于置办田地铺面，到续书第九十三回里，高鹗交代他已然"攒了好几个钱，家里已经有两三个铺子，只是不肯放下本业，原旧领班"。

一个计划长远、颇具眼光的务实形象就这样树立了起来。最可贵处，人常说"戏子无情"，然而蒋玉菡却独"极是情种"，婚姻大事，于他万万"不是混闹得的"，他早已拿定主意，"不论尊卑贵贱，总要配得上他的才能"。

千挑万选，又有因缘巧合，蒋玉菡认定了花袭人。

最初，花袭人并不情愿。她半生的心血、半生的牵挂全投注在贾宝玉身上，最后反要嫁给其他人，虽说蒋家明媒正娶、诚心诚意，但一时间，她仍然无法接受将要离开自小生长的贾家这个现实。

只是留下来又能如何？毕竟不是过门的姨娘，一直留在贾府，少不得要被人指责觊觎名利，不知害臊，但若真就此离开，又实在是违背了心愿——高鹗对花袭人此时矛盾心理的刻画，当真笔触细腻、张力十足，实可为一大赞。

那时，心如死灰的女子多半会选择以死来终结生命，也终结对生活的失望，花袭人也不例外。她离开贾府时，含泪嘱咐："好歹留着麝月。"俨然是在交代遗嘱，她一心仍只惦着贾宝玉，生怕自己不在，别人不能周到伺候。

她虽然"怀着必死的心肠"离开贾家，然而终究没有死成。最初是想着不能死在贾家，负了教养的恩情，后也不忍死在自家，连累家人，就这样柔肠寸断地成了亲。出嫁后，每每思死，又见蒋家待她委实无可挑剔，尤其见到丈夫拿出那年被宝玉送出去的松花汗巾子，花袭人不由得仰天长叹，方才接受了这注定的归宿。

高鹗借清初诗人邓汉仪的《题息夫人庙》大发感慨道：

千古艰难惟一死，伤心岂独息夫人！

千古以来，对任何人，死都是非常难以面对的一件事，会伤心的岂止一个息夫人呢？关于春秋时息国君夫人的故事，典故有出入：一说息国国灭之后，息夫人被楚文王掳为己有，虽为文王生下孩子却心念故主，从不与文王说话；一说息夫人与息国国君双双殉情自杀。不管故事究竟怎样，息夫人不忘旧主的忠义，为她赢得了"桃花夫人"的美称。

然而花袭人离弃了旧主，不管她是如续书中写，是在贾宝玉离家后出嫁，还是如张爱玲考证，是在家败后，主动先抛弃贾宝玉而去，终究未能从一而终，由是便惹来许多阅红楼者"见新忘旧""负心薄情"的嘲骂一片。

可我总是觉得，纵是先于贾宝玉离家便嫁给了蒋玉菡，也不该成为被质问的缘由。莫非一日做了贾宝玉的丫鬟，便定要终身守在他身边，即使他弃绝而去，也要守住他的家庭吗？若如此，岂不是中了封建的毒！贾宝玉最反感陈规古训，花袭人能得此好归宿，想必他也当是放心且欢喜的吧。

才调无双人第一·薛宝琴

薛宝琴为何没能进入"金陵十二钗"的榜册?襁褓之中的巧姐儿、来历不明又着墨甚少的妙玉都能跻身其中,浓墨重彩、占尽风情的薛小妹,却缘何榜上无名?

数百年来,读《红楼梦》者大惑不解。

这位薛家小妹的出场,当真可称隆重非常。虽然已是第四十九回的光景,然而若换了其他时刻,没了前四十八回的故事,缺了远远的"青松翠竹",少了满地里的白雪映衬,断断造不出"琉璃世界白雪红梅"的妖娆热闹来。

香菱学诗的热络心思还未散去,就忙忙地走来几个小丫头和老婆子,笑着请大家去看新来的客人,说那是"一把子四根水葱儿"——李纨的两个妹子李纹、李琦,邢夫人的侄女邢岫烟,还有一位便是其中最耀眼的,她便是薛蝌之妹、宝钗堂妹,薛宝琴了。

对薛宝琴的外貌,未见一点着墨,但是贾宝玉见了她便大叹自己是井底之蛙,如晴雯这样的绝色美人儿也不吝赞誉,贾探春更是大感"据我看,连他姐姐并这些人总不及他",由此来看,她的美艳芳华,竟有压倒大观园群芳的势头。

何况薛宝琴的魅力,远不止于美貌。

她顶着"海归"多识的神秘光环。因父亲各处都有生意,又好泛游,薛宝琴从小随着他游历各处,"天下十亭走了有五六亭",所见世面之多,在足不出户的大观园姊妹中堪称独有,就连贾宝玉这样的男孩,也是比不上的。

她像一颗从天而降不期而至的绚丽流星,又像一阵卷带着流浪气息的新鲜海风,最易勾起无尽的遐想和远行的祈望。所以,当她一说起有一次自己随父亲到西海沿子买洋货,认识了"真真国"的女孩时,立即引起了所有人的好奇。

在薛宝琴的介绍中,这位外国女孩十五岁,"那脸面就和那西洋画上的美人一样",金发碧眼,服饰辉煌。最奇异的,是这外国美女还精通中国诗书,薛宝琴还曾请她作了一首诗。听到这里,贾宝玉、林黛玉等忙催她说说这首诗的内容,薛宝钗打发人去把史湘云、香菱也叫了来,只听得薛宝琴念道:

> 昨夜朱楼梦,今宵水国吟。
> 岛云蒸大海,岚气接丛林。
> 月本无今古,情缘自浅深。
> 汉南春历历,焉得不关心。

有人说此诗是由薛宝琴自创假托而出,又有人说果真只是转述,这些都无妨。真正重要的,是此诗出现在见多识广的薛小妹口中，亦如薛宝琴本身，将大观园的女儿之美又延伸了开去，使贾宝玉不禁感慨："老天，老天，你有多少精华灵秀，生出这些人上之人来！"

由朱楼繁华，到水国落寞，这首诗极尽一唱三叹和回环叠沓的妙处，从容舒卷之中，浑然天成，雅致蕴藉，深沉细腻，倒颇合薛宝琴的敏思。

颔联俨然一派独立于天地间探问人生何去何从的追思图画，颈联又添"古人不见今时月，今月曾经照古人"的苍茫迷离，天上月依旧，人间几沧桑，地老天荒，不知从何始终。尾联中写故国南方的春色历历眼前，不由得令人追怀无限。只怕当一切都如繁花落尽，念及青春容颜，令人不能不痛惜错失的芳华。

与其说这是异域美人送给薛宝琴的，倒不如说是薛宝琴送给身处牢笼般的大观园里众女儿的，其中谙尽凄凉滋味，盛满了无可奈何的忧伤。

因游历广泛，薛宝琴看到的世界，自然比诸姊妹们宽广博大许多。薛宝琴笔下的诗词，多不同于其他女儿伤春悲秋的闺阁情调，反而厚重而热烈，充满阳刚之气。薛宝琴"年轻心热，且本性聪敏，自幼读书识字"，从她卓越的诗才中，漫射出了明慧的思想和坚守。

当薛宝钗开玩笑说下次作"五言律，要把'一先'的韵都用尽了，一个不许剩"时，薛宝琴忙驳："这分明难人。若论起来，也强扭的出来，不过颠来倒去弄些《易经》上的话生填，究竟有何趣味。"她坚持对自然的崇尚，代表作十首灯谜诗兼怀古诗之中，《赤壁怀古》有着浓郁的薛宝琴味道，将历史与现在、人生与功名追问到底：

> 赤壁沉埋水不流，徒留名姓载空舟。
> 喧阗一炬悲风冷，无限英魂在内游。

除了这样雄浑铿锵的音响，薛宝琴还有典出闺阁禁书《西厢记》《牡丹亭》的清新诗作：

> 小红骨贱最身轻，私掖偷携强撮成。
> 虽被夫人时吊起，已经勾引彼同行。
> ——《蒲东寺怀古》

> 不在梅边在柳边，个中谁拾画婵娟。
> 团圆莫忆春香到，一别西风又一年。
> ——《梅花观怀古》

前一首中，红娘甘愿受罚，帮助崔莺莺与张生相会，使有情人终成眷属。对这份无畏，薛宝琴实则甚为赞赏，虽然诗中并未明显流露，但那微妙语气中的激赏，终是遮掩不了。后一首更是以浪漫的笔触，绘出杜丽娘和柳梦梅生生死死的刻骨爱情，其中也寄托着她对真情的期待。

以薛宝钗惯有的谨慎，她开口就说这二首诗无考，不如另作，但被林黛玉维护下来。在这不拘旧教的灵性上，薛宝琴与林黛玉总是相通的，难怪曹公特别要写二人相互喜欢，林黛玉一改孤绝,"赶着宝琴叫妹妹",薛宝琴有识,更与林黛玉"亲近异常"。

从第四十九到第五十一回,此三回中多少文字,仿佛都只是为了炫耀宝琴的风光独占。贾宝玉乞回红梅后,新来的邢岫烟、李纹和薛宝琴三人需各就"红""梅""花"三字作韵咏之。薛宝琴这一首是这样写的:

> 疏是枝条艳是花,春妆儿女竞奢华。
> 闲庭曲槛无余雪,流水空山有落霞。
> 幽梦冷随红袖笛,游仙香泛绛河槎。
> 前身定是瑶台种,无复相疑色相差。

清人姜祺在《红楼梦诗·宝琴》中,称薛宝琴"才调无双人第一,红梅白雪艳花魁",定是读了这一首梅花诗,方写下如此赞语。

首句用同字法,以两个"是"字摹写梅枝和花朵疏密有致、浓淡得宜的芳姿,下一句将之比作小儿女的春妆艳丽;"竞奢华"的动态描写,将园中红男绿女、衣香鬓影的热闹,活脱脱映了出来。颔联取弥望视野,但见那红梅灼灼,连缀成片,竟将那闲庭曲槛遮遍,正如同天边晚霞蒸蔚于流水空山之间,实在可爱。颈联转到表现梅的精神世界,冰雪之中,红梅静静然绝世伫立,伴随着美人吹奏的笛声,赏梅人似已沉入梦境,到仙境绛河中任意畅游。尾联顺势接来,感叹如此红梅定是瑶台仙种,虽然形态各异,然而各秉风情是毋庸置疑的。想象丰富、空灵流丽,薛宝琴这一首,无愧三首红梅诗中翘楚。

红梅有灵，也愿配合薛宝琴的绝代风华。后来大家一出门，抬头就见粉妆玉砌的风景里，薛宝琴穿着老太太赏的那件据说连贾宝玉都没舍得给的华贵凫靥裘，远远站在山坡上等，身后丫头抱着一瓶红梅。这一幕惹得众人尽赞，说是比仇十洲的名画《艳雪图》要好看得多！

　　她美丽聪慧，刚到荣府就赢得了几乎所有人的喜爱，其中最喜欢她的正是宝塔尖儿人物——贾母。贾母见了薛宝琴，非常中意，让她跟着自己住，还送了名贵的披风、珍稀的花草，更逼着王夫人认了干女儿，反复交代薛宝钗可不要管紧了她，惹得素日里最受欢迎的薛宝钗都生了微微的妒忌："我就不信我那些儿不如你。"

　　果然贾母心里存着要将薛宝琴婚配贾宝玉的心思，便向薛姨妈询问薛宝琴的年庚八字、家内境况，只是听说薛宝琴早已许给了梅翰林家的公子，这才作罢。

　　只怕曹公一开始给薛宝琴设定的，就是旁观者的身份。薛宝琴甫登场时，书中便说明薛蝌此番携妹进京，是为了等待发嫁薛宝琴，只是遗憾了却无后话，薛宝琴究竟嫁没嫁到梅家已难考。然而，她路过了大观园，便要以过客的眼光，与万千读者，共同见证贾家流云失散的悲剧命运。

　　第七十回"林黛玉重建桃花社，史湘云偶填柳絮词"里，才华横溢的薛宝琴，自然少不了要填词一阕。

　　汉苑零星有限，隋堤点缀无穷。三春事业付东风，明月梅花一梦。

几处落红庭院，谁家香雪帘栊？江南江北一般同，偏是离人恨重！

——《西江月》

汉苑长杨宫中，柳絮零星飘零，壮观的隋堤上，杨花纷扬成阵。暮春将尽，美好春光全付了东风逝去。薛宝琴接着用了个"梦断罗浮"的典故，讲隋朝赵师雄于罗浮山梦见与梅花美人相会歌舞，醒来后失落，唯剩"月落参横，但惆怅而已"。

"几处落红庭院，谁家香雪帘栊"向来得众称赞，多少庭院秋红飘零，谁家窗帘沾满飞絮的痴问，加上"江南江北一般同，偏是离人恨重"的深叹，颇令人忆起宋代苏轼的一首《杨花词》——"细看来，不是杨花，点点是离人泪。"而薛宝琴这两句，也成为红楼名句代代流传。

若只以旁观者的哀叹观之，此词与书中其他诸多诗词一样，预示着贾家日后败落的惨淡，然而可怖的是梅花意象，还有那惊心离恨，莫非也是对她自己悲剧的谶语？

读者都为薛宝琴的毓秀钟灵心动，实在不愿见到有何不幸的结局。幸而贾宝玉所阅"十二正钗"当中，并无薛小妹的身影。想来，她是豪门小姐，也不该出现在副册、又副册里，如此，便要秉着怜惜的心，将她想象成得了善终的结局。

高鹗续本里，薛宝琴命运只由王夫人简单几句道了出来："那琴姑娘梅家娶了去，听见说是丰衣足食的很好。"虽交代得简单了些，却也是个最能安慰人的句点，如此便已很好。

看来岂是寻常色·邢岫烟

邢岫烟，一个多么超凡脱俗的名字，闻之，便急着想要结识这名字的主人，不知是否便如山间岩穴里幽渺浮动的轻烟。袅荡烟霞里，那幽幽而来淡如素菊的女子便是她么？

她的出场是平淡的，也是在第四十九回中，与李氏姐妹、薛宝琴一同到了贾府。不过，因为薛宝琴聚焦了所有人的目光，家败后落魄投靠的邢岫烟自然相形黯淡，一身荆钗布裙，在那熙攘繁华里，显得那样格格不入。

恰似"云无心而出岫"的绝世清雅，邢岫烟有着空谷幽兰般的独特气质。《孔子家语》中有言："芝兰生于深谷，不以无人而不芳；君子修道之德，不为困穷而改节。"这样的赞誉，最适合用在她的身上。

关于邢岫烟的身世，曹公也说得平淡："邢夫人兄嫂家中原艰难，这一上京，原仗的是邢夫人与他们置房舍，帮盘缠。"但邢岫烟所要依靠的姑母邢夫人，向来以冷漠自私著称，她对待邢岫烟，不过脸面薄情。邢岫烟的日子，注定不会好过。

寄身他人屋檐下，怎能不低头呢。贾母说了一句"也不必家去了，园里住几天，逛逛再去"，虽然是客套话，却也算得着落有望，如此，便由着王熙凤安排，邢岫烟住进了贾迎春的紫菱洲。

最初，邢岫烟是不受待见的。她没有半分不是，只因新添了薛宝琴这样光彩的人物，一时间大家全都眼花缭乱，谁还顾得上这个贫家女子？只有担了安置邢岫烟这个任务的王熙凤，初见邢岫烟时，"冷眼敁敠岫烟心性为人，竟不像邢夫人及他的父母一样，却是温厚可疼的人"，便生了好感，又可怜她家贫命苦，"比别的姊妹多疼他些"。

凤姐果然眼光不错，正如脂砚斋"老鸦窝里出凤凰"的品评，虽然邢岫烟一双父母昏聩粗鄙，然而生的女儿却是蕙质兰心、端雅稳重。最可贵处，清淡出世、安贫乐道，实在是一般女子远远不及的。

踏雪寻梅时，姊妹们锦衣缤纷。曹公细细描绘了林黛玉、史湘云、薛宝钗、薛宝琴等人的艳丽打扮，行文至邢岫烟时，似不经意间一句"邢岫烟仍是家常旧衣，并无避雪之衣"，引得读者无限怜爱。想来，假若换了贾兰心性，如此落寞尴尬，必是不肯受辱而拒绝同行，但邢岫烟却能从容面对，隐隐可见其涵养之深、内心之强大。

她举止有度，不卑不亢。寄居大观园里，她不可能忘记自己"外人"的身份，然而也绝不会自卑到远远躲在人群之外。大家兴起，联句吟诗，她也积极地参与其中。要求"即景联句，五言排律一首，限二萧韵"，众人最开始都规规矩矩地出句，李纨道出"寒山已失翠"后，邢岫烟联了两句："冻浦不闻潮。易挂疏枝

176

柳","冻浦"对"寒山","闻潮"对"失翠",水对山,声对色,工整自然。所出"易挂疏枝柳",由大景即小景,又为后来史湘云的"难堆破叶蕉"打开了文路。

后来贾探春出句"深院惊寒雀"时,史湘云正在喝水,被邢岫烟抢了个先:"空山泣老鸮。阶墀随上下",史湘云"忙丢了茶杯",接了一句"池水任浮漂"。这之后,薛宝琴、史湘云、林黛玉三人逞斗急才,渐离了轨道,联到"石楼闲睡鹤"和"锦罽暖亲猫"时,大家已是笑得前俯后仰,不辨雅俗。纷纭复沓里,未免"太嫌杂乱,毫无精采",邢岫烟诗作的初次登场,如此便如隔花照水似的,看不分明。

好在李纨罚宝玉乞梅的法子想得实在雅致,也亏了林黛玉要让邢岫烟一展诗才的主意。假如无梅,何来这一首《咏红梅花》;若非推举,安于平淡的邢岫烟又怎会在众人面前逞强。

> 桃未芳菲杏未红,冲寒先已笑东风。
> 魂飞庾岭春难辨,霞隔罗浮梦未通。
> 绿萼添妆融宝炬,缟仙扶醉跨残虹。
> 看来岂是寻常色,浓淡由他冰雪中。

因这一首诗,清人涂瀛在《红楼梦论赞·邢岫烟赞》里称她"学养兼到",邢岫烟知书达理的形象,由是才鲜明起来。说起邢岫烟的文学功底,不得不提到一个人——妙玉。邢岫烟和妙玉曾在姑苏十年为邻,邢岫烟一开始识字全承妙玉指授,贾宝玉知道这渊源后忍不住叹:"怪道姐姐举止言谈,超然如野鹤闲云,原来有来而来。"

只是，不同于妙玉的狷介孤高，邢岫烟自妙玉处所习，更多的是一种相对平和的冲淡性灵。

这首咏梅诗就可为证。首联写红梅俏不争春，冲寒迎风而放，字面切题，陪衬得当。"笑"字有傲雪欺霜之势，那寒素中丝毫不减的自信与自尊，恰是邢岫烟所有的泰然。颔联用典。粤赣交界处的庾岭，古来素以盛植梅花闻名，世称"梅岭"，诗人魂飞至此，感慨冬春难辨，烟霞相隔，想赴粤省罗浮山邀梅花美人共舞的佳梦也是求之不得——恰似在寻求幸福的路上，频频横遭阻断。邢岫烟的压抑，由此可见。颈联回到红梅芳姿，只见缟仙扶醉，融红燃绿，色彩对比强烈，艳丽而耀目。只是用典嫌多，失于雕琢，恐怕也是承袭了妙玉作诗的习惯。幸而邢岫烟的尾联结得精彩，"岂是"已有气魄，更兼"由他"自若，梅骨铮铮，动人心魂。

整首诗有景有情，又有风骨，倒像是邢岫烟的自画像。邢岫烟正是以清俊脱俗的人格魅力，渐渐赢得了同辈的尊重和长辈的喜欢。

除了凤姐，心细的平儿是第一个关怀她的。第五十一回里，花袭人还家探母，平儿照凤姐的吩咐送体面衣服给花袭人，特地多拿出一件大红羽纱的，嘱咐其他人给邢岫烟送去。原来那日大雪，平儿看见人人都穿着不是猩猩毡就是羽缎羽纱的厚衣裳，唯独邢岫烟披着件旧毡斗篷，"好不可怜见的"。曹公大笔之下，有无数纷繁人物，却并不曾忘记在邢岫烟身上点墨。

邢岫烟与贾宝玉、薛宝琴、平儿同天生日，只是她不愿张扬,就没有告诉别人。口快的史湘云道破后,贾探春责备自己怎么就忘了,忙命丫头赶着补了一份礼,又被邢岫烟一贯所表现的自尊感动,送给她一个碧玉佩。

在大观园里,她虽与别的小姐一样,每月领二两银子的月钱,但邢夫人嘱咐她省出一半供奉父母,余下的一半还要打点紫菱洲的下人,邢岫烟的生活总是捉襟见肘。最拮据的时候,她不得已拿了棉衣去典当,恰被薛宝钗发现,才给赎了回来,也由此引出了她的姻缘。

薛姨妈欣赏邢岫烟是个守得富贵、耐得贫穷的好女儿,有意让她嫁到自家,于是便由贾母、王熙凤作保,邢夫人表态,定下了邢岫烟与薛蝌的亲事。

这个薛蝌,邢岫烟是见过的。那时他带着妹妹薛宝琴上京,几路人正好汇成了一股,相处时,二人"心中也皆如意",一桩美事,就此"放定"。

贾宝玉初见薛蝌时,惊叹了一声"倒像是宝姐姐的同胞兄弟",由此可知其优秀;后来,薛蝌又说必要先将薛宝琴发嫁,自己才肯娶亲,倒是个爱惜妹妹的好兄长;再到后来,面对夏金桂和宝蟾的挑逗,他谨慎端正以对。随着薛蝌形象的逐渐丰满,终于让人替邢岫烟感到了一些欣慰。

这样的他,在续书第九十回"失绵衣贫女耐嗷嘈"中,闻说未婚妻邢岫烟在大观园中生活拮据,又时有被下人为难,丢了衣裳也不敢问的时候,心中自然不平,于是忧愤而作《感怀》。

蛟龙失水似枯鱼,两地情怀感索居。

同在泥涂多受苦，不知何日向清虚。

以薛蝌素来的"秉性忠厚"，这一番失意沉沦的感慨，正是文如其人。文字朴实无华，读来无半点矫情掩饰，很能打动人心。虽然薛蝌和邢岫烟已有婚约，但因妹妹薛宝琴还未出嫁，薛蝌自己暂时也需仰仗富亲，与邢岫烟只能分居两处。他深感自己眼下犹如失水蛟龙般无计可施，没办法给邢岫烟幸福的生活，颇为自责。

这首诗里既有因时不我与的困顿境遇而发的叹息，又兼同病相怜的身世感慨。独处索居的苦闷，泥涂淹蹇的烦恼，种种不如意同时涌上心头，也不知这样的日子要持续到何时。

可望而不可即的幸福，最是煎心，然而守得云开，终见月明。高鹗笔下，薛宝琴终于出嫁，薛蝌与邢岫烟最后顺利成亲，尔后你侬我侬、和和美美，窃以为应与曹公原意吻合。自尊自爱、宽容温柔的邢岫烟，终于等来了她的幸福，这总算为愁红惨绿的《红楼梦》添了一抹温暖的亮色。

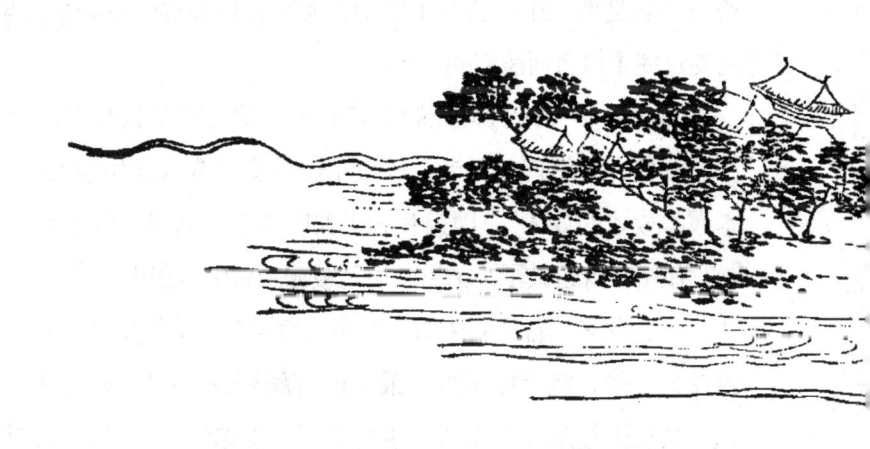

第七章 终身误·情深不寿

多情公子空牵念·晴雯

在晴雯身上，曹公倾注了太多真情。

关于《红楼梦》是否作者自传的争论，是所有研究者都绕不开的话题，其中有一口咬定系曹雪芹亲历记录的，也有振臂高举"纯属虚构"大旗的，虽历数百年，依然僵持不下。然而无论如何，至少在涉及晴雯时，总会让人体悟到，贾宝玉就是曹雪芹，曹雪芹就是贾宝玉。前八十回中，便是在曹公那爱怜的目光里，晴雯过完了短暂而凄凉的一生。

似一粒不知来自何处的奇花种子，怡红院丫鬟晴雯出身卑微，爹娘、乡籍皆无可考，她自小便被卖给贾府家仆赖大役使，本属"奴才的奴才"。因为赖大工作时常常带着她，贾母看了喜欢，便留在身边做了小丫鬟，后又被派到贾宝玉房中。

春去秋来，昔日尚未留头的小姑娘渐渐出落得亭亭玉立。曹雪芹偏爱她，赋予她丫鬟里最美的容颜和身姿："若论这些丫头们，共总比起来，都没晴雯生得好。""水蛇腰，削肩膀"，眉眼又有些像林妹妹。晴雯的卓然芳姿、天生丽质，便在这简单字句里慢慢浮现了出来。

但她从来不曾利用过自己的美貌，她敢作敢为，绝非如王善保家的一干俗人所诽谤的那样"仗着他生的模样儿比别人标致些"，便"在人跟前能说惯道，掐尖要强"，使她骄傲的，是她的傲骨丹心。

脂评曾道："晴有林风。"她与林黛玉不仅眉眼上有几分相似，就连心性品行也像一个模子里刻出来。"金陵十二钗"中，正册以黛玉为首，又副册以晴雯为首，贾宝玉梦游太虚幻境时，也见了晴雯那页上的判词。

> 霁月难逢，彩云易散。心比天高，身为下贱。风流灵巧招人怨。寿夭多因毁谤生，多情公子空牵念。

雨后新晴称为"霁"，云呈彩色是为"雯"，起首二句既点晴雯其名，寓意她高洁的品格，同时还以"难逢""易散"预言了她人生的悲剧结局。古人以"光风霁月"譬喻人的坦荡磊落，《红楼梦》中除此之外，曹雪芹还曾用此语来赞扬史湘云的心无城府。史湘云是小姐身份，尚不能逃脱命运翻覆，晴雯身为贱婢，所迎来的结局同样也是毁灭，是以"风流灵巧招人怨"，美人终因受诽谤而早夭。不仅引来曹雪芹、贾宝玉的长吁短叹，就是一般读者，看到如此鲜活美丽的生命，一朝被扼杀于那浑浊之地，也禁不住痛惋跺足。

终其一生，晴雯都挣扎在"心比天高，身为下贱"的巨大矛盾中，无法自拔。却也无须自拔，在那个糟烂的俗世里，她赖以立足的，正是一份决不妥协的桀骜和宁折不弯的骨气。她是战士，所要争取的，是作为人的尊严。

据脂砚斋批，原书后有"情榜"一百单八名脂粉英雄，与《水浒传》一百单八将抗衡，以彰曹雪芹"为闺阁立传"的心志。只猜想着，晴雯在那榜上，必是光彩射目的。虽然无法决定自己的出身，但她既无奴相又全无媚骨，只以单薄的女儿之身，决然守护着自己的尊严。

那日，贾宝玉折了新开的花儿让秋纹给老太太、太太送去，王夫人高兴，打赏了秋纹两件旧衣裳，秋纹正显摆，晴雯劈头讽刺道："一样这屋里的人，难道谁又比谁高贵些？把好的给他，剩下的才给我，我宁可不要，冲撞了太太，我也不受这口软气。"说话间，她那不甘低贱、不受嗟来之食的气性，便可得见几分了。

"夹枪带棒"是花袭人对她说话风格的总结，"爆炭"是平儿对她性格的形容。

同林黛玉那饱受诟病的性子相仿，晴雯为人任性褊狭、尖酸刻薄，怡红院中，没有谁能逃脱晴雯的唇枪舌剑。除了秋纹受的这番讽刺，麝月也被她讥刺过和贾宝玉"交杯酒还没喝，倒先上头了"；花袭人被她嘲讽为"哈巴狗儿"；就连主子贾宝玉，也因晴雯不小心跌断扇骨责怪了她几句，她便不依不饶，贾宝玉不仅要软语相劝，还由着她撕碎了好几把扇子才解恨。

第三十一回"撕扇子作千金一笑"，真可谓千古奇观。为让晴雯消气，贾宝玉说道："那扇子原是扇的，你要撕着玩儿也可以使得,只是不可生气时拿他出气。就如杯盘,原是盛东西的,你喜欢听那一声响,就故意的碎了也可以使得。"于是晴雯果真就撕了贾宝玉的扇子———一方是亘古未见胆大包天的丫头,一方是纵容助威称快叫好的主子。这样的场景,也只合发生在那清清净净的大观园里,随着扇子撕裂的声响,伴着晴雯"咯咯"的笑声,精致定格。

只是,笑得太过响亮招摇,是要招来妒忌的。一个人拥有的快乐太多,便会有人惦记着将其抢走。尤其对于晴雯这样始终不肯向命运低头的丫鬟来说,更是如此。

晴雯的厄运,是从七十四回"惑奸谗抄检大观园"开始展开的。

若说贾宝玉是因为喜爱林黛玉而喜爱颇有林风的晴雯,那么王夫人就是因为不喜欢林黛玉而不喜欢晴雯。把晴雯从贾宝玉身边赶走,这是王夫人向贾母表明自己"近钗远黛"立场走的一步棋,晴雯只是这盘棋局的牺牲品。

欲加之罪,何患无辞?王夫人铁了心,晴雯纵是"色色虽比人强",但此刻看来,也全是缺点。首先她就被责备举止轻佻,立时被叫过去训了一番。

虽然机巧地应付了王夫人的盘问,然而以晴雯要强的性子,岂能全部藏掖收敛?她只仗着自己行得端,走得正,便由着自己的性儿,以恕不配合的决绝态度,反抗不入她眼的宵小行径。

面对当夜明显针对自己而来的搜检人马,晴雯"绾着头发闯将进来",捉着箱底"豁啷"将东西全部倾出。如同无声但有力的控诉，连同贾探春扇向那王善保家脸上的一响飞掌，共同成为抄检大观园过程中的经典画面，令无数古今读者大感快意。

但是，贾探春贵为贾府小姐，本是主子身份，掌了奴才，无伤大雅；晴雯只是个小小丫鬟，这一番泼辣爽利，自是招惹下了无数怨愤。她要面对的，终究是图册上"水墨溶染的满纸乌云浊雾"般悲惨的命运。

晴雯生病，本不是多么严重，也被执意要赶走她的王夫人拿了把柄，非说她患了"女儿痨"，命人硬从炕上拖下，拽架着撵了出去。她本就病着，又添冤愁，当夜，晴雯惨死在姑表哥嫂家中。

"晴雯之死"是全书中一件大事，预示着宝、黛爱情的悲剧前景，是宝、黛和晴雯这样"既不能战斗，又不能屈服"的浪漫主义者不得不领受的命运苦酿。红楼一梦，也便自此进入收梦结案的阶段。

托于贾宝玉手笔的《芙蓉女儿诔》，字字泣血，句句含泪。这篇诔文之所以那么动人，大抵是因为这不单是贾宝玉在为晴雯鸣冤，更是曹公代所有被现实湮灭的美丽灵魂而呐喊——这其中也包括贾宝玉自己，还有他所爱的诸如林黛玉、晴雯等众多被毁灭的美好生命，这其实是因悲愤而出的激越檄文。

其为质则金玉不足喻其贵，其为性则冰雪不足喻其洁，其为神则星日不足喻其精，其为貌则花月不足喻其色。

——《芙蓉女儿诔》节选

他对晴雯高洁品性的勾勒，极尽华美的词汇，甚而连金玉、冰雪、日月星辰都不足以相比。然而，木秀于林，风必摧之，人太美好，也将招致忌恨。

孰料鸠鸩恶其高，鹰鸷翻遭罦罬；薋葹妒其臭，茝兰竟被芟鉏！

——《芙蓉女儿诔》节选

如鸠鸩一般的恶人讨厌晴雯的高洁，遂使鹰鸷一样的她反被陷害；如薋葹这样的恶草妒忌晴雯的芳华，遂使茝兰一样的她横遭铲除。

贾宝玉构思这篇诔文时就说："何必不远师楚人。"其中文字，也确实能使人想起《离骚》："鸷鸟之不群兮，自前世而固然……吾令鸩为媒兮，鸩告余以不好。"晴雯高标见嫉的遭遇，实与屈原所蒙受的冤屈如出一辙，始自《离骚》的"香草美人"的传统，到了晴雯这里，确实也名副其实了。于是便有抚今追昔、缠绵悱恻的叹息：

眉黛烟青，昨犹我画；指环玉冷，今倩谁温……自为红绡帐里，公子情深；始信黄土垄中，女儿命薄……箝诐奴之口，讨岂从宽；剖悍妇之心，忿犹未释！

——《芙蓉女儿诔》节选

一切都已化作空梦一场，再也没有相伴相偎的温暖。贾宝玉悲伤地感叹："如今，有谁为你画眉，又有谁为你暖手？罢了，自古红颜多薄命,多情公子空牵念。只是害得如你我这样忍受着今日苦痛的人,难道不应该受到神灵的责罚吗?只等到了这样的一天,我要封住那邪恶奴才的嘴巴,绝不姑息;剖开长舌悍妇的胸膛,依然难解我的悲愤。"这样人中气如雷的愤怒,实是曹雪芹铺在纸上的呐喊。

晴雯的故事,本已在第七十七回"俏丫鬟抱屈夭风流"和这一篇诔文里尽数叙完,而高鹗续书第八十九回"人亡物在公子填词"里,贾宝玉要添衣,焙茗取出了晴雯曾补过的雀金裘。贾宝玉睹物思人,旧情被触发,又作两首小令。

随身伴,独自意绸缪。谁料风波平地起,顿教躯命即时休。孰与话轻柔?

东逝水,无复向西流。想象更无怀梦草,添衣还见翠云裘。脉脉使人愁!

——《望江南·祝祭晴雯二首》

文采斐然、酣畅淋漓的奇文《芙蓉女儿诔》在前,此又焚香酌茗、旧事重提起来,本已失于重复累赘。又兼纵观两首小令,虽然前后衔接紧密、浑然一体,表现出高鹗不俗的填词功力,然而毕竟味道寡淡、遣词用典陈旧。只对照看相同的意思,"随身伴"句已是逊于"昨犹我画""今倩谁温"的意境,"顿教躯命即时休"又伤于直露;倒是第二首末一句"脉脉使人愁"意犹未尽,使人联想起温庭筠《梦江南》中的名句"斜晖脉脉水悠悠,肠断白蘋洲"，缠绵哀伤之情满溢。倘若没有曹公诔文在先，这两首小令却也别具情韵，只是《芙蓉女儿诔》太过异彩照人，便使此两令未免有了班门弄斧的嫌疑。

缘何不使永团圆·甄英莲

甄英莲是大观园里众女子中出场最早的。《红楼梦》方始，她便以姑苏仁清巷乡宦甄士隐独生女的身份亮相。彼时，她只有三岁，名字唤作甄英莲。因系父母老来所得，兼又生得"粉妆玉琢，乖觉可喜"，被全家上下视为珍宝。这样的身世可算是幸福的，但在"金陵十二钗"副册里，曹公却这样感叹她的命运：

> 根并荷花一茎香，平生遭际实堪伤。
> 自从两地生孤木，致使芳魂返故乡。

诗下配以图画，画上水涸泥干，莲枯藕败。原来，她也是个薄命的女儿。

她的悲剧，从书中第一回开始就有了眉目。一个芭蕉冉冉的夏日，甄士隐抱着甄英莲在自家门前看热闹，沿街走来一僧一道，见了甄家父女竟然又是哭又是笑，说甄英莲是"有命无运、累及爹娘之物"，他们还嘲道：

惯养娇生笑你痴，菱花空对雪澌澌。
好防佳节元宵后，便是烟消火灭时。

真是惊心的预言！甄士隐最初只当僧道疯癫，不予理睬，后来又不免心下生疑，待要追出询问，那两人已全无踪影。

倏忽到了元宵佳节，果真应了僧道诗中所言，甄英莲本来被甄家奴仆霍启抱去看社火花灯，结果却被弄丢了。紧接着，灾祸又接踵而至，葫芦庙失火，甄家房屋尽数被毁。甄士隐投靠了岳丈，饱受白眼，忽又遇见当日道人，正唱着《好了歌》，甄士隐听了，似终于顿悟，随道人遁去。至此，甄英莲一家落得家破人亡。

霍启的名字与"祸起"谐音，他因疏忽失了甄英莲，不仅开启了甄家破败的前奏，也揭开了红楼大梦上演的序章。

甄英莲再次出现，是在书中第四回"薄命女偏逢薄命郎，葫芦僧乱判葫芦案"。贾雨村补授应天府，受理的首桩案子便是薛蟠为争夺甄英莲而打死冯渊的人命官司。贾雨村枉法裁判，将甄英莲判给薛蟠做了他的侍妾。

进得薛家门后，薛蟠的妹妹薛宝钗为甄英莲取了个新名字——香菱。对这个新名字，香菱大抵是非常满意的，她自己解释道："不独菱花，就连荷叫莲蓬，都是有一股清香的。"

自五岁时被拐去，到拐子将她养到十一二岁寻找买家，不知这六七年的时间，英莲是怎样熬过来的，只能从当日葫芦僧的描述那里探知一二："他是被拐子打怕了的，万不敢说……哄之再四，他又哭了，只说'我不记得小时之事！'"

以甄英莲的灵根慧性，对自己身世应该不会全无印象，只是回忆过于苦楚，对一个小女孩来说太过沉重。为了保护自己，她选择了忘记。

原本闻说那买了她的冯渊公子择了三日后吉辰迎她过门，对方又有可靠人品，家境也殷实，甄英莲本以为命定如此，暗自庆幸。倘若顺顺利利地嫁到了冯家，或许她还能迎来简单平凡的幸福，谁料半路杀出薛蟠这个呆霸王，甄英莲的人生再次被改写，糊里糊涂地就跟随薛蟠，进了大观园。

那晚寿贺怡红，香菱掣中的花名签上是并蒂花，上书一句："连理枝头花正开。"单就词题和引诗字面来看，本是一派和平祥瑞的春日景观，那花开并蒂的图案，似乎也预兆着香菱婚姻生活的幸福美满。

但这一切都是假象，隐藏在平和表象背后的厄运，从引诗的来源可看出端倪：

连理枝头花正开，妒花风雨便相催。
愿教青帝常为主，莫遣纷纷点翠苔。

这首题名《落花》的小诗，哀怨凄婉，出自南宋才女朱淑真之手。她祈愿上天为自己的幸福护航，莫要教妒风嫉雨前来摧残。

朱淑真一生都对理想的爱情充满向往，然而由于礼教束缚，未能遂心如愿，连她的父母都不能认同她的想法，甚至在她去世后，以惶惶却又快意的心情，将她所有手稿付之一炬。朱淑真的一生，就如一出凄绝的短剧。

自古红颜多薄命，或如朱淑真般拼命争取，或如香菱般低眉顺服，同样都是悲惨结局。嫁给斗鸡走马、聚赌嫖娼、无恶不作的薛蟠，香菱哪有半点幸福可言？

当薛蟠还未娶得河东狮的时候，纵然忙碌委屈，纵有贾琏、贾宝玉等人常会发些薛蟠不堪配她的不平之语，香菱也能安于现状。"女儿国"内气氛融洽，她日常与众姑娘姊妹们谈诗闲聊，也算有趣。"搅家精"夏金桂进门后，香菱的苦日才算真正到来了。

用今人眼光来看，这个夏金桂便是个暴富人家溺爱的小姐，富而不贵，缺乏教养，"爱自己尊若菩萨，窥他人秽如粪土"，虽然"外具花柳之姿"，却原来"内秉风雷之性"。她的到来给薛家带来了无尽的苦恼和灾难，头一个遭殃的，就是香菱。

因嫉妒香菱的美丽贤淑，夏金桂欲除之后快，于是每每挑拨生事，使薛蟠变本加厉地凌虐香菱，甚至朝打夕骂。到得第八十回"美香菱屈受贪夫棒"，香菱已是身心俱疲，"日渐羸瘦作烧，饮食懒进，请医诊视服药亦不效验"。

前八十回行文至此，便是香菱命运的最后一笔，看以上光景，竟是没有几日煎熬的事情了。但到了高鹗笔下，或许可怜香菱命运太苦，竟又叫她活转过来，并让夏金桂下毒害香菱不成反被自己所害，读来固然解气，但却不是纯正的红楼意味。

回望这一路，不管命运之于如何将这个弱女子抛起又摔下，陌生路途上的颠沛流离、养父贪夫棍棒中的翻扑躲闪，一次又一次的人生变幻，一遍又一遍的苦难洗礼，换作他人，只怕早已是一副苦大仇深、见人就扎的刺猬模样了。然而于香菱，一切好像过眼烟云,待到尘埃落定,她还是那个质地单纯、以德报怨的温婉女子,永远温柔恬静、和平淡雅,对残酷的生活报以感恩的微笑。

她所求的,不过是安稳地活着。然而正如脂砚斋所批,可叹她"生不逢时,遇又非偶",无数次被厄运搋到墙角,不得喘歇。判词中"自从两地生孤木"一句,隐含一个"桂"字,正是指她命定的劫数夏金桂。若按曹公本意,这个薄命女子会早早命丧,袅袅一缕芳魂由此得以返归故乡。

书中对她着墨最浓的,当是第四十八回"慕雅女雅集苦吟诗"。

她的父亲甄士隐"酌酒吟诗为乐,倒是神仙一流人品",因为同样流淌着这样的血液,且幼时曾读诗书,香菱倾慕园中能吟诗作赋的姊妹们,决意学诗。林黛玉称赏,便充任了她的老师,以其意趣为上的诗论,启发香菱写出了她生平第一首诗:

月挂中天夜色寒,清光皎皎影团团。
诗人助兴常思玩,野客添愁不思观。
翡翠楼边悬玉镜,珍珠帘外挂冰盘。
良宵何用烧银烛,晴彩辉煌映画栏。

——《咏月》

因是习作,这首诗虽已符合七律的平仄和中间两联对仗的形式,但构思平庸,遣词幼稚。起首便是"月挂中天",过于直露;颈联写到月的形状,重复合掌,翡翠楼、珍珠帘的意象也显堆砌落俗。在神韵方面,更是缺乏余味。

薛宝钗看了她的诗，只说："这个不好，不是这个作法。"黛玉却鼓励道："意思却有，只是措词不雅。"

香菱没有灰心，照着黛玉教给的"放开胆子去作"，一会儿坐在山石上出神，一会儿蹲在地上抠土，一会儿皱眉凝思，一会儿又自顾含笑，这便有了修改稿：

> 非银非水映窗寒，试看晴空护玉盘。
> 淡淡梅花香欲染，丝丝柳带露初干。
> 只疑残粉涂金砌，恍若轻霜抹玉栏。
> 梦醒西楼人迹绝，余容犹可隔帘看。

起首"非银非水"四字，咏月而不直言对月，含蓄蕴藉，"映窗寒"亦比"夜色寒"更有情韵；"残粉""轻霜"两句，虽然仍嫌重复，然而较之堆金砌玉的意象，倒也雅致了许多；更有颈联"淡淡梅花香欲染，丝丝柳带露初干"，色香俱佳，沟通感官，又兼侧面烘托加强，读来很有韵味。

总体来看，无论是构思还是用语上，这首诗都比第一首进步显著，可惜仍未达到咏物诗"不粘不脱"的理想境界。精益求精的林黛玉，让她另作。于是香菱愈发"挖心搜胆，耳不旁听，目不别视"，甚而日思夜想，终于梦中得句：

> 精华欲掩料应难，影自娟娟魄自寒。
> 一片砧敲千里白，半轮鸡唱五更残。
> 绿蓑江上秋闻笛，红袖楼头夜倚栏。

博得嫦娥应借问，缘何不使永团圆！

这首最终的成品，终于获得了大家一致的好评："这首不但好，而且新巧有意趣。"

怎能不好呢？这是香菱为自己平生遭际所做的文字记录，暗指自己因沦为女奴而被掩盖的灵感和才气，"影自娟娟魄自寒"中连用两个去声字"自"，正是香菱面对苦难的命运淡定随分的自画像；颔联化用唐代李白"长安一片白，万户捣衣声"的意境；颈联化用张若虚"谁家今夜扁舟子，何处相思明月楼"的问诘，写尽江湖游子的乡思和深闺怨女的惆怅，自然而然地引出了最后的痴问。

"博得嫦娥应借问，缘何不使永团圆！"身为贱婢，香菱无法左右自己的命运，她只能指望主宰命运的神灵能够宽容一些，让她活得不至于那么辛苦罢了。这两句既是全诗诗眼，也是香菱的心声。

然而，自古发此愿请的，几人能够如愿呢？面对阴晴圆缺的月亮，悲欢离合的人事，人在怅望处，也只能长叹："但愿人长久，千里共婵娟。"可于香菱，这终归只是个美好的愿望，是一个不能实现的愿望。

有情原比无情苦·三烈女

在学者王昆仑先生看来，人对于生的欲念、爱的坚守不能实现时，略作归结，大概不过三种应对方式：忍受、逃避和反抗。《红楼梦》中女儿，以忍受者为最多，譬如李纨、贾迎春；选择逃避的，妙玉、贾惜春堪为代表；然而最为曹雪芹所激赏的，却是那种我固然不能争取到我想要的，但至少你们也不能得到你们所要的决绝——或毅然终身不嫁，或决然一死了之，以一种掀翻一切虚情假意的刚烈，主动奔向刀口，捍卫那丝毫不容侵犯的尊严。试想人活着，不就应该维护尊严、实现自我吗？否则纵然流连世间，没有了灵魂，也就空剩了一具行尸走肉的躯壳而已。

鸳鸯、司棋和尤三姐就是这样清醒热烈、坚守自我的人。凡尘俗世，她们来过，只是与委屈心意、唯唯诺诺的大多数人不同，她们以壮烈的态度，为这个缺乏生气的世界，留下了美丽然而凄绝的传说。忽忆当日芦雪广联诗，李纨寡婶的女儿李纹也在，应众人之邀，还曾写下一首七律《咏红梅花》：

白梅懒赋赋红梅,逞艳先迎醉眼开。
冻脸有痕皆是血,酸心无恨亦成灰。
误吞丹药移真骨,偷下瑶池脱旧胎。
江北江南春灿烂,寄言蜂蝶漫疑猜。

此时思及,这诗倒像是为这三位烈女立传。关于李纹的文字,与书中不少人物一样,随着文稿失落,除却名字和零星模糊事迹,竟已没有多少踪迹可寻。却有这一首诗,因着烈焰红梅的意象,倒配得起鸳鸯等刚性决然的人。是谓"白梅懒赋赋红梅",冰天雪地里的一簇红梅,不正比那白梅来得更浓重热烈、更令人倾心吗?面对这样艳丽的景象,在颔联里,诗人由"冻脸"生红所联想到的,不是如施了胭脂这样温柔的画面,却带出"皆是血"的惊心譬喻。又想到青梅软齿之时,眼前花事早便"亦成灰",一股凄凉漫浸而来,更兼颈联"误吞丹药""偷下瑶池"的轮回暗示,尾联中梅花成林、春意盎然的盛景,又被诗人劝为不要误以为春景正盛,正是三烈女这样寓生命和全部的幸福于一片虚无的荒凉人生。

世俗主义的人们,无法理解鸳鸯抗婚的缘由。诚然,她是贾府里地位最高的丫鬟,是贾母的心腹,老人家离了她便觉也睡不成,饭也吃不下了;众人对她,更是如对王夫人、凤姐一样,说话也要拿捏几分。然而,终究还是个奴才。贾赦留心许久,终于挑准了她,若照常人看来,进门就做姨娘,"又体面,又尊贵",正是麻雀变凤凰、鲤鱼跃龙门的大好机会。

贾赦的正室邢夫人竟也一番劝说:"难道你不愿意不成?若

果然不愿意，可真是个傻丫头了。放着主子奶奶不作，倒愿意作丫头……你跟了我们去……过一年半载，生下个一男半女，你就和我并肩了……错过这个机会，后悔就迟了。"

可是她这一番劝告，最终也未起作用。想来，以邢夫人的庸常愚昧，自然想不到世上竟还有鸳鸯这样"不识抬举"的人。然而正是这"不识抬举"，成为鸳鸯被历来读者敬爱的原因。

第四十六回"尴尬人难免尴尬事，鸳鸯女誓绝鸳鸯偶"，俨然是属于鸳鸯一个人的剧目。

虽然前文已有不少关于鸳鸯的雅致文字，但给人留下深刻印象的，除了李纨对她于贾母重要性的称赞："要不是她经管着，不知叫人诓骗了多少去呢。那孩子心也公道，虽然这样，倒常替人说好话儿，还倒不依势欺人的。"还有第四十回"史太君两宴大观园，金鸳鸯三宣牙牌令"里，也将鸳鸯的聪明能干、玲珑周全栩栩然映在眼前，叫人心生喜欢。第四十六回里，又透过邢夫人的眼睛，将鸳鸯的美貌点出，她"蜂腰削背，鸭蛋脸面，乌油头发，高高的鼻子，两边腮上微微的几点雀斑"，即便是在佳人云集的大观园里，这份姿容也是难被淹没的。到后来，那一场激烈决绝的抗婚，让人更对这个外柔内刚的女子陡然生出了无限敬意。

她先是对平儿等闺蜜说了自己的真心话："别说大老爷要我做小老婆，就是太太这会子死了，他三媒六聘的娶我去作大老婆，我也不能去。"接着，又朝兴高采烈、小人得志地跑来给自己道喜的势利嫂子一通臭骂。贾赦威胁："除非他死了，或是终身不嫁男人，我就服了他。"鸳鸯干脆奔到贾母面前，铰发明志，发誓道：我这一辈子，"横竖不嫁人就完了"。

反抗的决心之固、程度之烈，这才令读者惊讶地发现，这个平素温柔可亲的女子，却原来蕴藏这样坚韧的心。

虽说是家养奴才出身，但她从来没有看轻过自己，和晴雯一样，她自尊自爱、毫无奴性，又谨慎持重、温厚公允，更比晴雯胜出几分。这使她能够一直随侍贾母左右，见识更多，眼界更高，目光也就更为精到。她深知便是做了姨娘也逃脱不了任人凌辱的命运，更何况如她自己所说："天下的事未必都遂心如意。你们且收着些儿，别忒乐过了头儿。"对于人世的黑暗与无望，她看得太过真切。

她想要的，是别人能把她当成独立的个人来尊重，而不是让别人慑于一个任人予夺的名分。"姨娘"这个称号，不能带给她尊严，反而只能让她沉入万劫不复的深渊，所以她称被逼为妾是"把我送在火坑里去"，坚决反抗。

不过是想要争得做人的尊严，保留她对贾母那割舍不下的依恋，却要牺牲自己的幸福，乃至生命，这是她的悲哀，也是那个时代的悲哀。

如鸳鸯一样，以无法妥协的决绝与这个冷淡俗世作别的，是个性刚烈、敢作敢当的丫鬟司棋。

司棋是贾迎春的贴身大丫鬟，首次正式露面时，毫无美感可言。那时小红正找王熙凤，恰看见司棋如厕完毕，从山洞子里出来，站着系裙子，便问她是否看见了。司棋的答话简短生硬："没理论。"豪放作风立刻就显出来了，又兼她"高大丰壮"的长相，与园中娇花照影的百媚千红相比，愈发显得粗陋而似无可取之处。

第六十一回里，曹公如描如画，为司棋设计了一场更能印证她强悍个性的演出。她想要吃碗"炖的嫩嫩的"鸡蛋，派去的小丫头莲花儿却遭了厨房柳家的懒待。听了莲花儿一番添油加醋的禀告后，司棋怒火中烧，随即带了一队人，把厨房好一顿打砸。这样彪悍的行事，在大观园的众多丫鬟里十分罕见。

然而细觅书中因果，懦弱无能的"二木头"贾迎春，也须得要有这样一个招惹不起的丫鬟，否则，像"懦小姐不问累金凤"之类的事件，岂不是要日日上演？那次贾迎春的乳母偷了贾迎春的金凤去典当赌钱，贾母问罪，乳母和媳妇竟敢逼着贾迎春去向贾母求情的时候，不巧正赶上司棋生病卧床，不能理事，否则以她胆敢闹厨的脾性，乳母这时也须认真忌惮收敛着几分。

在伺候主子的本分上，司棋从没有半分差错，即便是怒气攻心之时，也会先"伺候迎春饭罢"方才去闹。倘若没有司棋，下人们或给馊豆腐吃，或懒得掏出鸡蛋来炖的状况恐怕还要延续下去，贾迎春受欺负的处境，只会越来越严重。

这样看来，司棋的强硬厉害，全是为了保护小姐，便也令读者渐渐对她生出几分好感。如此，情节便进展到了十回以后的"鸳鸯女无意遇鸳鸯"。那夜，司棋和她的姑表兄弟潘又安在大观园内幽会，实是令人吃惊不小——知道司棋胆大，却不知胆大到这步田地。幸而撞破他们的是心地良善的鸳鸯，承诺为她保密。司棋虽然暂时无碍，但却让人从此为她吊起一颗心来。

道貌岸然的贾府，当然容不下这样"离经叛道"的行径。抄检大观园这一重大事件，就是以司棋的绣春囊引出，又由司棋的被撵出府而结束，至此本以为司棋的戏份已告完结，不料却有更动人心魄的安排在后头。

司棋触壁而死，是书中哀艳凄绝的画图里，颇能震撼人心的一幅。

有人为她不值，为潘又安这个因被鸳鸯撞破幽会就只顾自己怕事奔逃的懦夫，伤心难过一回也就放手罢了。何况司棋被逐出园后连他片影也不见，后来发了笔小财回来，竟还要提防着司棋是不是贪慕他钱财，要假意试探一番，为这样不堪的情人，实在不值得搭上自己的性命。即使潘又安自责懊悔，随即也抹了脖子追去，总让人有种"误会一场"的遗憾。

可她的死，却是她敢作敢当的性格的必然结果，是她为维护自己的选择必须付出的代价，她的"终日啼哭"，她的突然撒手，都是在为自己找寻一条清净的出路，是她对自己失望的选择，一切可能都与潘又安无关。正如相似烈性的尤三姐，在与心上人柳湘莲厮守终身的心愿落空后，所发出的一声轻轻的叹息："来自情天，去由情地。前生误被情惑，今既耻情而觉，与君两无干涉。"

这是尤三姐自刎后，柳湘莲追悔莫及，神游落寞之时听见三姐对自己说的话。我琢磨着，或许这也就是司棋的心声。

诚然，尤三姐对柳湘莲那"强买强卖式"的婚姻寄托，实在有欠道理。虽说尤三姐对柳湘莲有着长达五年的暗恋，但缘何就自信地以为，一番放浪后归来，柳湘莲还会接纳她呢？她调笑周旋于贾珍父子和贾琏中间时，"挨肩擦脸"，百般挑逗，全然一个轻浮的形象，柳湘莲怀疑她的贞洁，也并非全无缘由。

然而，也许尤三姐以她自己口中"破着没脸，人家才不敢欺侮"的堕落对抗贾珍、贾琏之流对自己轻慢挑衅、"权当粉头来取乐"的做法算不得明智，但她却实在有着一颗干净纯洁的女儿心。

"揉碎桃花红满地，玉山倾倒再难扶！"这是尤三姐颈血迸溅的一幕，读来触目惊心。"玉山倾倒"语出《世说新语·容止篇》："嵇叔夜之为人也，岩岩若孤松之独立；其醉也，傀俄若玉山之将崩。"曹雪芹将一个放荡泼辣的尤三姐，以魏晋嵇康比之，笔墨间竟满溢着赞美和同情。

尤三姐虽然担了水性的名，司棋虽然担了偷情的骂，然而当认真对待起自己终身大事的时候，当抄检队伍从箱子里搜出情书和信物来的时候，尤三姐并没有看低自己，司棋也丝毫"并无畏惧惭愧之意"。轻视她们的人，大抵心里存着对礼教的畏惧罢了。

她们所爱的人，都辜负了她们的情意，但所幸她们也不是要靠男人才能寻得自身价值的女子，精神终归是独立的、坚强的。她们拥有完整而美好的憧憬，爱情只是其中的一件。

司棋触壁，尤三姐自刎，虽然都发生在爱情无望的关头，但她们的愤然弃世，并非完全出于对某一个人的失望，而是对自己根本不能容于那污浊尘世的绝望。

可惜了那花容月貌，辜负了那恩情缱绻。往事千端，都葬送在了如墨的尤边晦暗里。

十二花容色最新·十二官

沁芳桥边，桃花树下，宝、黛读罢《西厢》，正在收拾落花呢，花袭人走了过来，说是老太太找，便把贾宝玉叫走了。只留下林黛玉，满心品味着方才书中佳句。她走过梨香院时，又听得墙内笛韵悠扬，歌声婉转，风儿带着曲文吹进了她的心里："原来姹紫嫣红开遍，似这般都付与断井颓垣。"林黛玉听了，感慨缠绵，又止步倾耳："良辰美景奈何天，赏心乐事谁家院。"不禁点头赞叹，又听里面唱道："则为你如花美眷，似水流年……"

第二十三回"西厢记妙词通戏语，牡丹亭艳曲警芳心"，真是旖旎文字。以林妹妹的多愁善感，此刻早已情思萦逗、如醉如痴，一蹲身便坐到山石上，眼中滚出泪来。听者如斯，则唱者如何呢？

日日浸润于"花落水流红，闲愁万种"和"你在幽闺自怜"这般柔软戏文中的，是那十二个梨香院里唱戏的女孩子，学界常统称她们为"红楼十二官"。

她们原本都是正经人家的女儿，皆因贫苦，应着元妃省亲的时机，由贾蔷到江南采买而来，为的是在需要的场合鼓瑟吹笙、粉饰太平。她们的地位，其实与那点缀园林的花石鸟雀相差无几。

然而便是这样的小角色，个个也是鲜活的生命。曹公以平等的心，对她们爱恨离合的生存样态，做了忠实而艺术的记录。

其中第一个出彩的女孩子，唤作龄官。她被买来不久，便逢元春省亲看戏，她在戏台上大放异彩，脱颖而出。元妃亲自点名，命太监赏赐传话："龄官极好，再作两出戏。"

倘若是别人，听闻得总管命唱《游园》《惊梦》，必然赶紧妆扮起来。这时曹公却曲笔写道"龄官自为此二出原非本角之戏，执意不作"，最后贾蔷也没能扭得过她，听任她唱了《相约》和《相骂》。这件貌似不起眼的小事，倒令人在她身上将目光顿了又顿——必是个不可小瞧的女儿，说不定将来要闹出什么故事。

果然，这一笔绝非多余墨迹。曹公笔下所有女子，大体地看，总逃不开钗、黛两种，曹公明明确确写出与林黛玉相像的，除了晴雯，还有这个龄官。

第三十回"龄官划蔷痴及局外"里，龄官画蔷，宛若一幅精美的工笔画，由曹公细细描来："赤日当空，树阴合地，满耳蝉声，静无人语。"一股闷热窒息的空气自纸上袭来，在这盛夏酷暑的午后，花繁叶茂的蔷薇架下，有一个"眉蹙春山，眼颦秋水，面薄腰纤，袅袅婷婷，大有林黛玉之态"的瘦小女孩，忍着哽噎，蹲在地上，用手中金簪，一遍一遍地写着"蔷"字，"已经画了有几千个"。

此情此景，谁看了都要心里一软，又何况怜香惜玉的贾宝玉。只不知她单薄的身体里藏着多少沉重的心事，竟如此压抑痛苦。彼时的他，还并不懂得。

直到又过几回，在"识分定情悟梨香院"里，贾宝玉从龄官对待自己和贾蔷那天差地别的态度里，方知道了答案。

这日贾宝玉因想起龄官的小旦唱得最好，便寻到梨香院里来，以平常哄女孩儿的话，央求病中的龄官唱一套"袅晴丝"，不料她"忙抬身起来躲避"，还正色说道，自己"嗓子哑了"。贾宝玉从来不曾"这番被人弃厌"，此刻受了冷遇，正"讪讪的红了脸"，百思不得其解，贾蔷回来了。

对待贾蔷，龄官态度全然不同。贾蔷说句"瞧这个顽意儿"，她便忙"起身问是什么"。只是，贾蔷为逗龄官开心，花大价钱买了一只能嘴衔旗帜串戏台作表演的雀儿来送给她，却招来她幽幽冷笑，说这正是贾蔷用牢笼里的雀儿比自己，供他打趣。一番话唬得贾蔷赶紧"赌身立誓"，将鸟放生。

看到这里，龄官画蔷时的心事，读者和贾宝玉都茅塞顿开，原来她竟是为了爱情在伤怀。不过，贾蔷是梨香院小戏班的主管，负责管理十二官，龄官与他日日得见，何以还要愁苦不堪？

她担心的，其实是他们的未来。纤细敏感的龄官，也和林黛玉一样悲观多疑，仅是一只作戏的雀儿，便引得她自比悲戚，又是多愁多病的身子，对于心上人贾蔷，她也并不敢奢求两人的明朗前路。世道险恶，从贾府塔尖上的人物，到底下层层的夫人小姐尚且不能得偿所愿，哪里会容得下一个小小戏子的小小心思呢。

龄官文字，终止于此。后来宫中老太妃薨逝，似贾府这样爵等人家，一年之内禁止娱乐，所以十二官被遣散，或送返回乡，或收为丫头，被留下来的女孩子里没有龄官。不知她是否回到了原籍，抑或是并没熬过那场病，早已香消玉殒。

最美好的猜想，是她与贾蔷的爱情修成正果，从此双宿双栖。但这也是最不切实际的，抛开贾蔷感情虚实不说，以龄官在当时"娼妇粉头之流"的出身，便是进了贾蔷家门，也万难有个好的结局。

龄官去后，留下来的女伶中，分到贾宝玉屋里的芳官成了最夺人眼球的一个。

这首明代汤显祖所著传奇戏《邯郸记》中的《赏花时》，就是那晚群芳为贾宝玉贺寿的宴席上，芳官应薛宝钗请求而唱的。

翠凤毛翎扎帚叉，闲踏天门扫落花。您看那风起玉尘沙。猛可的那一层云下，抵多少门外即天涯。您再休要剑斩黄龙一线儿差，再休向东老贫穷卖酒家。您与俺高眼向云霞。洞宾呵，您得了人可便早些儿回话；若迟呵，错教人留恨碧桃花。

《邯郸记》的故事，源自唐代沈既济的小说《枕中记》，写书生卢生的黄粱一梦。这支曲子据传是何仙姑所唱，那时在蓬莱山门扫花的何仙姑即将成仙，为寻找替代她的扫花人，吕洞宾再下凡间，何仙姑为他送别时便唱了这一支曲。

曲子起自何仙姑闲踏天门扫落花的描画，蓬莱仙境的扫帚自然非同凡响，所以称作"翠凤毛翎"。"风起玉尘沙"，一出门便是万里天涯，吕洞宾此行艰难可以想见。除却送别的担心，何仙姑还声声嘱咐：您可不要由着性子贪杯酗酒，又演一出剑斩黄龙禅师的旧事才好。

"您与俺高眼向云霞","您得了人可便早些儿回话",你去之后,我必日日望云盼归,你若找到了那个扫花人,务必早点儿告诉我。若是耽搁了,"错教人留恨碧桃花",这碧桃千树飞花,可就没人接替来扫了。

原是一种送行叮咛的唱腔,出自芳官之口,又是在大观园最后一次诸芳聚集的盛会上唱来,似乎大有深意。细细品咂,倒处处流露出劝人花开当时亟须赏,莫待花落空遗恨的意味。

这层凄苦蕴意,最合用在芳官身上。比起龄官,芳官另有一种鲜明个性,那是一种干净的孩子气,亦刚亦柔,深得贾宝玉喜欢。在怡红院的那段日子,是芳官最无忧无虑的快活时光。那会儿,她将自己打扮成个男孩模样,"面如满月犹白,眼似秋水还清",与贾宝玉坐在一起,惹得众人都说"倒像是双生的弟兄两个"。

像"寿怡红群芳开夜宴"这样的热闹场合,最对芳官胃口。她喝酒划拳,吆五喝六,醉后倒下就睡,一派天真烂漫。她心无城府、率性大胆,赵姨娘一口咬定她欺骗贾环,骂道:"我家里下三等奴才也比你高贵些。"她立时反唇相讥:"'梅香拜把子——都是奴几'呢!"挨了赵姨娘两个耳刮子,芳官便"抬头打滚,泼哭泼闹起来",全然就是个孩子模样。

越是弱势的人,常常越会抱紧取暖。一时间藕官、蕊官听闻芳官被欺,马上找到葵官、荳官,四人不顾别的,一齐跑入,把赵姨娘撞了个人仰马翻,直到尤氏、李纨、贾探春等纷纷赶来,这场闹剧才算完结。

除开龄官、芳官的诸多戏份，女伶中亦多有情人，曹公大笔，也未曾将她们遗漏。藕官与药官间的真情，就颇为动人。

小旦药官病逝后，与她搭档扮小生的藕官伤心欲绝。清明节至，藕官不顾禁忌，忘情地在大观园内焚化纸钱祭奠药官，幸而有贾宝玉为其遮掩，否则当时就要大祸临头。

只是那残酷的命运终要到来，来得早与晚，又有什么关系呢？这日王夫人来到怡红院为贾宝玉清理门户，先是把晴雯从病床上拖下来撵走，又把与贾宝玉同一天生日的蕙香也赶走，余怒未消的王夫人接着再骂芳官："唱戏的女孩子，自然是狐狸精了！""令其各人干娘带出，自行聘嫁"的判决一出，芳官她们才看到这人生的痛苦没有谷底，命运的苦难没有尽头，这便有了"美优伶斩情归水月"的潦草结局，芳官去了水月庵，藕官、蕊官去了地藏庵。可惜鲜妍活泼的生命，从此便要枯萎凋零在荒芜清寂之处。

其实，这还不是最差的结局，书中未清楚交代的其他女孩，她们的结局又是怎样呢？在那黑暗的时代，她们的生存空间狭小到可以忽略不计。沦落风尘，几乎是她们最有可能的一条"出路"。

秦楼楚馆，媚娘娇娃，不知某一处角落里的某一位烟花女子，可就正是当日在贾府戏台上光彩耀目的优伶呢？若沦落至此，大概也便如同当日冯紫英家宴，座席陪酒的锦香院妓女云儿那样，强颜欢笑地唱着曲子：

两个冤家，都难丢下，想着你来又记挂着他。两个人形容俊俏，都难描画。想昨宵幽期私订在荼蘼架，一个偷情，一个寻拿，拿住了三曹对案，我也无回话。

还和这曲词里自我放逐的云儿一样，有着倚门卖笑者特有的悲喜：

女儿悲，将来终身指靠谁？女儿愁，妈妈打骂何时休！女儿喜，情郎不舍还家里。女儿乐，住了箫管弄弦索。

卖唱卖笑的苦难生活，浸透了古时多少风尘女子沉重的血泪。鸨母打骂、任人欺凌，般般艰辛竟是生活的常态，万事不能自主的她们，也只有在疲乏的生活喘息之际，调弄箫管，聊以为乐。情郎不舍离开自己的欣喜偶尔也会有的，但一个真心实意的爱人，却如镜花水月般难遇难求。

说到底，浪打飘萍、飞花逐水的不定命运，才是她们不得不担的缘孽。不论十二官，还是云儿等人，她们的悲剧莫不如是。

第八章 观世事・百态人生

将谓偷闲学少年·贾母

冬寒尚未褪去,天地悲风仍劲。一位慈眉善目的老夫人,拐拄着大病初愈的身躯来至户外,举头极目是无尽的苍穹,她满怀悲愁,焚香下跪:"皇天菩萨在上,我贾门史氏,虔诚祷告,求菩萨慈悲……我贾门数世以来,不敢行凶霸道。我帮夫助子,虽不能为善,亦不敢作恶。必是后辈儿孙骄侈淫佚,暴殄天物,以致合府抄检……早早赐我一死,宽免儿孙之罪。"

这是续书第一百零六回中的场景。这一段"贾太君祷天消祸患"的说辞,高鹗写来,相当动人。未及贾母说完,她身边众人已是泣不成声,便是书外的读者看了,也是伤心难抑。

寒风吹动着老人的银发,两行浊泪滚落满布皱纹的面庞,究竟她有什么了不得的罪过,要承受目睹三代家业付诸东流的苦楚。"总有合家罪孽,情愿一人承当",这般祈愿,由一位本当享受天伦之乐的老人道出,何等心酸!

若非要找出个缘由,那她唯一也是最大的罪过与不幸,或许正在于为人称道艳羡的"福气"——她经历的日子太好了些,活得也太久了些。

她本是金陵世勋史侯家的小姐，自小锦衣玉食。嫁给贾代善的时候，又值贾家圣宠正隆的最好岁月，躬逢过几次接驾的盛典。衣香鬓影、款款含笑的贾母，是真真正正的诗礼簪缨之族的贵妇人，见识过大场面，也享受过大荣华大富贵。整部《红楼梦》，但凡有贾母发表见解之时，无论听戏抑或饮茶，甚至室内装潢美学，都可见出这位格调高雅的大家夫人卓尔不群的品位。

那晚元宵听戏，贾母点了一出《寻梦》，一出《下书》，吩咐只用提琴和管箫伴奏清唱，众人纷纷领教，从此方知这样听法的妙处；又听她追忆当年鼎盛光景，家里请说书的是个怎样高的水准，台上唱戏的又是个怎样高的水准，那般尊荣的享受，直引得晚一辈的薛姨妈等纷纷叹道大开眼界，更遑论熙凤、宝玉等孙辈。

至于当时钟鸣鼎食之家所惯习爱作的酒席游戏，贾母也是张口即来。第四十回里刘姥姥来逛园子，鸳鸯当令官儿，"三宣牙牌令"，贾母思路清晰，道出一句：

六桥梅花香彻骨。

杭州西湖苏堤上，有跨虹、东浦、压堤、望山、锁澜、映波六座桥，堤上又多种梅花，是以闻名。贾母以梅花比五点，六桥状六点，既形象逼真又诗意盎然，显示出她作为诗书之家老夫人的学识涵养。

三张骨牌都说尽后，合成一副凑成一个名字，鸳鸯编了个

"蓬头鬼",贾母马上接道:

这鬼抱住钟馗腿。

用钟馗被小鬼抱住腿来打趣自己,身为贾府老太君,行令时反受丫鬟鸳鸯约束的情态,其情状切合,又幽默风趣,惹得众人连说"极妙",满地里笑成一片。

制谜猜谜,也是贾母的拿手好戏。第二十二回里,借着元春赐谜的余兴,贾母也拟了一则春灯谜:

猴子身轻站树梢。

答案乃是荔枝。"站树梢"意同"立枝",红红的荔枝结于树梢,又像是敏捷的小猴儿隐约于枝繁叶茂之间。贾政为哄母亲高兴,故意猜错,输了贾母许多彩头,儿顺孙孝,老人家自然笑逐颜开,然而,照红楼笔法"偏于乐景中写哀情"的角度看,何尝没有被耍被骗的小悲哀呢?贾母说自己"象凤哥儿这么大年纪,比他还来的呢",那该是何等风采十足的角色。如今年迈,便如同一件摆设,让儿孙们供奉了起来,当作祖德的象征、标榜孝道的工具,究竟渗着美人迟暮、英雄气短的荒凉滋味。

与许多经历过荣光岁月的老人一样,她原本只喜欢追溯往事,绝少意识将来。对于荣宁后辈的腐败苟且,以她的聪明智慧并非一无所知。但却也不是"我死后,那管洪水滔天"般的狭隘,毕竟她年事已高,按照她自己的说法,无非"嚼得动的吃两

214

口，睡了觉，闷的慌，和这些孙子孙女儿顽笑一回就完了"。

然而又如她所说："偏又不咽这一口气。"养尊处优的富足生活使她身体康健、福寿绵延，一日仍睁着眼，便要亲见子孙后代的罪孽种种、家破人亡的悲惨万状，最后悲哀地发现，不久前还隆重非常的"天恩祖德"，只在无常变幻间便迅速消散，甚至不能维持到她撒手谢世的那一天。

"树倒猢狲散"，这本是曹雪芹家祖辈流传的一句口头禅。曹家败后，雪芹每每抚今追昔、深刻体味，那盛筵必散、好景难在的人生况味，不觉间就全转移到《红楼梦》的角角落落了。

"锦衣军查抄宁国府，骢马使弹劾平安州"，若是曹雪芹亲手来写，不知该是怎样凄绝顽艳的满纸血泪，高鹗执笔也毫不轻松。一切都来得太快，美人迟暮的贾母除了迎风含泪祷天，无计可施。虽然老于世故的贾母在祷天之后，紧接着便明断晰分，大义疏财，欲拯救贾家于水火之中，颇提醒了读者这位曾经沧海的老夫人老姜之"辣"。然而一切都是徒劳，分明已是繁华落幕，又岂是人力能改。

喘息之际，第一百零八回"强欢笑蘅芜庆生辰"里，高鹗模仿"金鸳鸯三宣牙牌令"，又勉强凑起一桌人来。大家依旧饮酒，掷骰行令，贾母这时所说三句，像是在回顾自己的迟暮晚景：

将谓偷闲学少年。

这七字，正是贾母的自画像——随着老之已至，她渐渐便乐得收起往日当家理事的才干，一味尽享今日位高荣极。后又掷出

"江燕引雏"，贾母便又说三字：

<blockquote>公领孙。</blockquote>

忆往昔，满堂儿孙、无数奴仆，成天热热闹闹围着她转，所谓天伦之乐，大概最配用来描述那时的贾母了。最后掷出的"浪扫浮萍"，已是满满缠荡着凄凉意味了，贾母说的是：

<blockquote>秋鱼入菱窠。</blockquote>

浮萍被水浪打尽，秋鱼便只能钻入菱叶、菱根里。仿佛正是"三春去后诸芳尽，各自须寻各自门"的预言，照应了"树倒猢狲散"的最后结局。湘云紧接着续的一句，化自北宋程颢《题淮南寺》里的"南去北来休便休，白萍吹尽楚江秋"：

<blockquote>白萍吟尽楚江秋。</blockquote>

湘云将原句改一字，与"浪扫浮萍"相吻，其衰颓败落的气氛，恰似这次强作笑颜的聚会，早已不复昔日贾母两宴大观园时的非凡热闹。

果然，这最后的欢宴过后不久，因病情反复又兼忧郁思虑，"史太君寿终归地府"。当下满地里站着一屋子的儿孙，得了诸联"贾母之死也使人羡"的评价。然而，极盛时代走来的老人，眼睁睁见证了家族的败落，那巨大的心理落差，任谁也难以轻易消受。

贾母大智，元妃省亲时，既说得出"无职外男，不敢擅入"这样庄严堂皇的官话，面对穷亲戚刘姥姥，又能客气地称之为"老亲家"，说得出"不过是老废物罢咧"这样世俗味浓重的自嘲话。作为"女子无才便是德"标本的王夫人，只能望其项背，她口才欠佳，遇到问题应对无方，怪道贾母常说她"可怜见的"。

如此，倘若圣上眷顾、恩泽流传，虽不及贾母的福寿两全，王夫人那风平浪静的明天，总还是可以期冀的。然而以她的才疏而短见，浑然觉察不到厄运逼近的脚步，必要到抄检的官兵逼上门来，她才受了命运响亮的一记耳掴。

人间难得恩如许·刘姥姥

"刘姥姥进大观园"本是人们再熟悉不过的俗语了，平日里聊八卦、拉家常，用上这么一句，目标人物顿时会被打上"没见过世面"的烙印，效果更胜百句。曹公说演《红楼梦》，仅以不多的笔墨、精巧的构思，便塑造了刘姥姥这个家喻户晓、深入人心的经典形象，真叫人不得不佩服那深厚的笔下功力。

只是，一位乡下老妇，忽然进入脂浓粉香的富贵庭院，讶异惊羡固然是最直接的反应，但若只一味借此状摹贾府荣华，刘姥姥至多便如一台摄像机，怎能两百多年来都能博得无数读红楼者的敬爱？

"没见过世面"，这不是刘姥姥得以被记住的最重要的特质。以"芥豆之微"的乡野村妇身份，应对赫赫有名的金陵大户，饱经世事的她，竟也能够周旋得体、进退有度，读者喜欢的，正是她饱满的性格和不凡的智慧。

她与贾府的渊源，全因她女婿王狗儿的祖上借着曾与王夫人的父亲"一处做官"，又都姓王的机缘，便"连了宗"，成了"本家"。后来王狗儿家业萧条，年冬岁末竟无以为计，少不得劳动岳母刘姥姥出主意，到贾府去活动攀亲，寻求救济，这才促成了第六回里的"刘姥姥一进荣国府"。

初访如此豪门大族，刘姥姥自然是谨慎拘束的。她带着外孙板儿，从正门蹭到角门，又从角门绕到后门，几经周折和忐忑，这才见到了王夫人的陪房周瑞家的。因着当日周瑞置办田地，王狗儿出力不少，周瑞家的倒也热心相帮，带她见到了王熙凤。两下里都是公关高手，来来回回数句恰到好处的客气话，刘姥姥不仅使贾府认下了自己这门"小小之家"的"亲戚"，又成功拿回二十两银子外加一吊钱，圆满完成了此行任务，这已是叫人刮目相看，再见她时，则是水到渠成的第三十九回"村姥姥是信口开河，情哥哥偏寻根究底"。

因那时得了救济，今年"多打了两石粮食，瓜果菜蔬也丰盛"的刘姥姥二进荣国府时，带了好些枣子、倭瓜、野菜等前来道谢，恰巧遇上闲得无聊的贾母想找个上了年纪的老人家说说话儿，刘姥姥便被王熙凤引到了老太君的跟前。

"这刘姥姥虽是个村野人，却生来的有些见识，况且年纪老了，世情上经历过的。"她富有智慧，能够清楚地审度出自己的身份，准确定位自己出现的价值，便使出浑身解数，一心只要将贾母和上下公子姑娘们哄得乐翻了天。除了编出大雪天里塑像化了精的女孩儿抽柴的故事，骗得贾宝玉当了真，得罪了林黛玉以外，恐怕凡见过这老婆子的人，没有不喜欢她的。

接下来"史太君两宴大观园，金鸳鸯三宣牙牌令"一回里，刘姥姥更是大放异彩，不仅自我解嘲为"老风流"，任由着王熙凤把各色鲜花插了一头，又豁出脸去，高声大叫"老刘，老刘，食量大如牛，吃一个老母猪不抬头"；就连说话也偏不好好说，句句极尽幽默逗笑之能事。第四十回里，空前绝后地充满了再纯粹不过的欢乐气氛。想金门绣户里的贵族，若非刘姥姥来，上哪儿能听到这样的乡村野语呢？

"大火烧了毛毛虫。""一个萝卜一头蒜。"原来缀锦阁中，锦裀蓉簟地铺陈了精致宴席。大家入席后，贾母提议行令助酒，刘姥姥的表现自然是最受期待的一出节目，此时正经风雅如史湘云之"闲花落地听无声"，薛宝钗之"处处风波处处愁"都失了往日魅力，刘姥姥的酒令才真正别有千秋。她以烈火炙蠖虫的景象对金鸳鸯所出"中间'三四'绿配红"的题，以萝卜、大蒜一大一小两种意象对"右边'幺四'真好看"，应了叶韵的要求不说，既形象生动，又显出庄稼人的本色。金鸳鸯的最后出句"凑成便是'一枝花'"话音刚落，刘姥姥就急急地边比画边嚷嚷："花儿落了结个大倭瓜。"

众人听了，又一顿笑，姥姥只以为顺利过了关，殊不知好坏不论，被王熙凤灌酒的下场是逃不掉的。那十个套杯，灌得刘姥姥七荤八素摸不着北，于是又上演了"怡红院劫遇母蝗虫"的经典剧目。

真是欢乐的时光！贾母于是命能画的贾惜春绘出一幅行乐图来，欲将这美好的时光定格。当时，刘姥姥还曾拉着贾惜春发出傻问："你这么大年纪儿，又这么个好模样，还有这个才干，别是神仙托生的罢？"在八七年版的电视剧《红楼梦》里，贾惜春与刘姥姥在瓜洲古渡再次相见，缁衣行乞的贾惜春，已不复承认这一段尘缘。这时刘姥姥曾经游逛过的"竟比那画儿还强十倍"的大观园，也早被抄检一空。

依照脂批提示，曹雪芹原稿里应有刘姥姥三进荣国府一回故事，用以见证贾家兴衰。经常听到"好花不常开，好景不常在"的道理，但送进耳郭里总嫌轻飘，刘姥姥做客贾府、说话逗乐的当儿，正是元妃归省后不久，也是宁、荣圣恩荣极的鼎盛时期，而三进荣国府，满眼望去物是人非，便是刘姥姥这样饱经风霜的人，定也是心潮难平。曹公如此运筹，贾家的败落倾颓，才更凸显得惨淡震撼。

刘姥姥的形象，此刻才更展现出光辉和令人肃然起敬的一面——知恩图报。都说锦上添花易，雪中送炭难，此乃人生中常见之事，春风得意时，围在身边的人很多，但大抵面目模糊，谁善谁恶，总看不分明；遇难落魄时，人情冷落，肯施以援手的，常常是从前站在最外围的毫不起眼的小角色。

对于做事狠绝、树敌无数的王熙凤来说，济她于危难之际的小角色便是当日得志时，她随意扶助过的贾芸、小红和刘姥姥。是以后来全家被抄，王熙凤被拘系狱神庙时，贾芸、小红仗义探监，尽心照顾；人微力薄的刘姥姥，更是挺身而出，救王熙凤女儿巧姐于风尘之中，这便有了十二梦曲中的《留余庆》。

留余庆，留余庆，忽遇恩人；幸娘亲，幸娘亲，积得阴功。劝人生，济困扶穷，休似那爱银钱忘骨肉的狠舅奸兄！正是乘除加减，上有苍穹。

"余庆"之说，出自《周易·坤·文言》："积善人家，必有余庆。"加上后文"劝人世，济困扶穷"和"正是乘除加减，上有苍穹"的感慨，使得这首属于巧姐的曲子，似乎充满了浓浓劝世行善和宿命报应的意味，又是寓无奈于无常的红楼笔法。彼时曹公的心境，对那"爱银钱忘骨肉"，将巧姐卖入烟花巷中的"狠舅奸兄"的恨有多深，对正直善良、涌泉相报的刘姥姥的敬意就有多厚。

巧姐以其偶被提及，且年龄忽大忽小、故事疏漏百出的破碎形象，能够跻身"金陵十二钗"正钗第十，除却通部机关设计的缘由，与刘姥姥这位贾府恩人的孙婆媳之缘，也是不能忽视的。

一切原来皆有缘由。当日，同是懵懂无识的板儿与巧姐互换柚子和佛手玩，脂砚斋"小儿常情，遂成千里伏线"的批语，还有关于柚子和佛手代表的正是"缘"和"迷津"的解释，提示着读者这对两小无猜的孩子将来结为连理的"通部脉络"。所以，高鹗续书中让巧姐最终嫁与"家财巨万，良田千顷"的周秀才的安排是显得唐突无理的，不单削弱了巧姐位列正钗的根基，也抹杀了刘姥姥舍己救人的功绩。

况且，第五回里宝玉梦游太虚幻境所见属于巧姐的那幅"美人纺绩图"，背景分明是"一座荒村野店"，不正是"务农为业"的刘姥姥家么？而那一首判词，更是兼有因果。

势败休云贵，家亡莫论亲。
偶因济刘氏，巧得遇恩人。

那年游园，王熙凤请刘姥姥给娇弱多病的女儿起个名字。姥姥使了"以毒攻毒，以火攻火"的法子，因孩子生于七月初七，偏叫取名为巧姐，还说："定要依我这名字，他必长命百岁。日后大了，各人成家立业，或一时有不遂心的事，必然是遇难成祥，逢凶化吉，却从这'巧'字上来。"

果然都因这"巧"字而来，伏笔于此，本欲暗通前后，但由于原稿失落，究竟巧姐被卖沦落后，是怎样"巧得遇恩人"的，已不得而知。不过，"刘氏"姥姥拼尽全力，拯巧姐于水火之中，却是一定的了。那时回首宁、荣，万般繁华已成昨日，虽然脱离苦海，但家破人亡的巧姐又该投奔何方呢？

依残稿的蛛丝马迹和判词暗示，高明严谨如曹雪芹，不仅使巧姐在刘姥姥的帮助下弃绝风尘、远离是非，还由甲戌本第六回脂批"老妪有忍耻之心，故后有招大姐之事"而证，为"择膏粱，谁承望流落在烟花巷"的落魄小姐安排了个嫁到农家，过上男耕女织的乡村生活的结局。

由养尊处优的公府千金，变为辛苦纺织的农家妇，是福是祸？无妨任人评说。"势败休云贵，家亡莫论亲"，世上穷通、贫富转换，本就诡谲多变、行止难测。只是相较其余十一位正钗的命运，巧姐粗茶淡饭的安稳生活，已是贵为皇妃的贾元春美好然而无望的期待，更是十二钗甚或红楼所有女儿里颇能令人慰藉的归宿了。

倏忽黄粱梦一场·贾雨村

吕翁枕上梦难长，自金榜题名到封妻荫子，自权倾一时到转眼成空，最后酸楚中醒来，蒸笼上的黄粱米饭都还未熟。世事原是黄粱短梦，而这个梦，不仅典故里的卢生做过，科举史上每一个寒窗苦读的布衣书生都曾做过。

所谓"书中自有颜如玉，书中自有黄金屋"，"十年寒窗无人问，一举成名天下知"，在那"学而优则仕"的时代，考学中第即意味着名利双收、美人送抱。一个男人想要拥有的认可与尊严，几乎全部可以通过科举进仕实现，是故有人凿壁偷光，有人悬梁刺股，前赴后继，蔚为壮观。

翻开旧文学，自隋以后，尤其是科举兴盛的明、清二朝，凡是提到年轻公子，不是正在家中准备科考，就是已经走在赶考的路上。成书于康、雍年间的《红楼梦》里，开篇就有这样一个读书人，便是林黛玉的老师贾雨村。

为完整展现一个纯净骄傲的灵魂是如何毁灭于那不治的世间，曹雪芹在贾雨村形象的塑造上花费了颇多心思。虽然笔墨不多，却不仅将与"真事隐"相对的"假语存"这一重大寓意加诸其身，更让他贯穿全书，亲证了自己、贾府和那个时代危机四伏的命运。单是前四回里对贾雨村的包装，用语虽寥寥却深意处处的春秋笔法，便彰显着曹公的匠心独运。

在第一回"甄士隐梦幻识通灵，贾雨村风尘怀闺秀"里，贾雨村出场不凡。开篇"作者自云"便首次提到，等到正面亮相，又是一番详尽的介绍："这贾雨村原系湖州人氏，也是诗书仕宦之族，因他生于末世，父母祖宗根基已尽，人口衰丧，只剩得他一身一口。"此刻他正淹蹇寺庙，穷困潦倒，唯有隔壁甄士隐欣赏他的才华，"常与他交接"。

好一幅蛟龙困浅水的亮相图，读来倒像翻开了一本才子佳人传奇，正在介绍那才高八斗却生不逢时的男主人公。

曹公偏生这样起笔的用意，正在于要将那些"开口文君，满篇子建，千部一腔，千人一面"的"才子佳人等书"狠狠嘲弄。这一点，曹雪芹在开卷第一回中借"石头"之口便已淋漓痛斥。

按着迂腐的言情套路，介绍完男主人公，就该轮到青春貌美、及时怀春的女主人公上场了。一位名唤娇杏的女子适时的一声轻嗽，恰被正在甄家做客的雨村听见，循声而探，这"仪容不俗，眉目清明"的丫鬟瞬时便打动了贾雨村寂寥孤苦的心，这就开启了《红楼梦》第　段奇幻姻缘。

原来当时娇杏正在园中掂花，猛抬头见到窗内有人只看着自己，只见他"敝巾旧服，虽是贫窘，然生得腰圆背厚，面阔口方，更兼剑眉星眼，直鼻权腮"，真是一副好容貌——不仅面有贵相，呼应甄士隐"非久困之人"的评价，更以其堂堂仪表，惹得娇杏两次回头。又因这回眸顾盼，让贾雨村狂喜不尽，自以为这女子是红拂般的"巨眼英雄，风尘中之知己"。时至中秋，他便口占了一律《对月有怀》。

> 未卜三生愿，频添一段愁。
> 闷来时敛额，行去几回头。
> 自顾风前影，谁堪月下俦？
> 蟾光如有意，先上玉人楼。

愁在眉梢，闷在心头，这首诗写得缠缠绵绵，惆怅之情回环荡漾。

首联以"愁"字进入：自己心中有愿，只不知能否实现，这悬而未决的命运，让诗人忧愁难遣。颔联回答了忧愁的原因——除去对于前路迷茫的担忧，佳人的频频回眸也带给了他无限甜蜜的清愁。颈联转写目前处境：一介布衣，形影相吊，寒酸潦倒，谁肯与一无所有的自己相伴相携呢？尾联忽如"银瓶乍破"，音调陡转高亢，一番沉吟自嘲后豁然开朗——欲得美人垂青，必得先要"蟾宫折桂"，博取功名，困顿的贾雨村，从月光中看到了希望："玉在椟中求善价，钗于奁内待时飞。"

方才"蟾光如有意，先上玉人楼"的激情，使贾雨村从因相思而生的自卑和自怨自艾中解脱而出，想到"平生抱负"和"三生之愿"，他踌躇满志，才高吟此联。

这副对联对仗工整，用典恰切，以孔子自喻，以神钗自比，欲求高价而沽，等待时机而飞，字里行间流露出沽名钓誉的勃勃野心。此时娇杏已不再能占据他的心,对于一心想要飞黄腾达、再整基业的贾雨村来说,玉人的青睐会随着科举中第一同到来,眼下最紧要的是要博得功名。

当晚甄士隐设宴款待,席间贾雨村说出自己欲赴科考,无奈囊中羞涩、神京路远的难处,甄士隐欣赏他的才华,当即赠送五十两盘缠和两身冬衣。贾雨村得到这些资费后,不等天明便上路赶考,这一份急迫历来被认作是他汲汲功名的铁证。只是更早些时候,当他刚刚接过银子和衣物,"不过略谢一语,并不介意,仍是吃酒谈笑"的反应却常常被人忽略,那时的他,急近功名是真,却也尚未失了读书人的气节。况乎离开之时,他请小沙弥转告甄士隐"读书人不在黄道黑道,总以事理为要",也未全失了读书人的清醒。

只是这一走,贾雨村便从此踏上了那宦海不归之路。

　　时逢三五便团圆,满把晴光护玉栏。
　　天上一轮才捧出,人间万姓仰头看。

这首七绝,本是中秋夜贾雨村醉酒后所作。贾雨村在甄士隐家喝酒,七八分醉时即兴有感:耳听着户户弦歌,面对着皓月凝辉,有了甄士隐的知遇相助,贾雨村信心百倍。他豪气十云,月亮每逢阴历十五便会变圆的规律,成了他一日逢机必当一展抱负的暗指,月辉护栏的景象,成了他得官之后必当为国家为黎民殚精竭虑的誓言。一个"捧"字狂气逼人,"人间万姓仰头看"一出,甄士隐不禁惊叹"飞腾之兆已见,不日可接履于云霓之上矣"。毕竟，旧时赵匡胤《咏月》诗中"未离海底千山黑，才到中天万国明"，时人以为帝王之兆，也不过如此气魄。

果然正如贾雨村自己所说，"若论时尚之学，晚生或也可去充数沽名"，八股文、试帖诗，贾雨村游刃有余、手到擒来，顺利中了进士不说，只短短时间，就已升任知府。加官晋爵，光耀门楣，这也是旧戏文里常有的结局。

旧戏文里还少不了的，是当日红颜和美满团圆。于是在曹公的笔墨安排下，贾雨村荣迁时在轿中偶然瞥见娇杏，马上派人找到，娶来做妾。这娇杏命运两济，不到一年，生下一子，又半载，因贾雨村原配染疾身故，这就扶了正，真是："偶因一着错，便为人上人。"

《脂砚斋重评石头记》中，"娇杏"二字旁批有"侥幸也"的字样。遥想当初，娇杏不过是甄家的丫鬟，却得此幸运，而甄家唯一的小姐甄英莲自元宵节被拐卖后，尝尽了人世苦辣。命运之手，翻覆如是，怎不叫人感慨万千。

然而若只顾归于颠倒无常，曹公的见识也就显得略微平凡了。结合贾雨村的对月咏怀，那貌似平淡的字眼里不断渗出的丝丝凉气，却原来严峻非常。贾雨村和娇杏，是没有爱情基础的封建式联姻，当年的两次回眸，本不过是娇杏一时好奇之举，是以称之为"错"。曹公将这位"虽无十分姿色，却也有动人之处"的佳人，与"暂寄庙中安身，每日卖文作字为生"的落魄才子相配，正可以讽刺一应"才子穷途，佳人青眼，初离终合，夫贵妻荣"的小说公式，其味之辛辣，令人会心莞尔。

感情生活固然陈旧，初涉官场的贾雨村，也还有着单纯傲气的灵魂。曹公评贾雨村"虽然才干优长，未免有些贪酷之弊"，寥寥数语，力重千钧，尤其"未免"一词，骂尽官场腐朽，却还不涉及对贾雨村官品的计较。真正令贾雨村大跌跟头的，是他"恃才侮上"，使别的"官员皆侧目而视"。

贪酷之弊，原能官官相护，只这对上不敬，却是世难见容的。果然好景不长，不到一年，贾雨村即被上司寻了个空隙，对方到皇上面前参他"生情狡猾，擅纂礼仪"，直接击中掌权者唯恐动摇统治秩序的要害。于是"龙颜大怒，即批革职"，文书一到，本府官员莫不喜悦。贾雨村"面上全无一点怨色，仍是嘻笑自若"，此时依然保有读书人的体面，交代过公事后，他竟担风袖月，云游胜迹去了。也就是在这之后，担了林黛玉的教师之职，方才引出与贾家的一段缘由。

某日林黛玉生病不能上课，贾雨村信步游至智通寺时，看到了寺门上一副破旧的对联：

身后有余忘缩手，眼前无路想回头。

当下他读了，颇觉得"文虽浅近，其意则深"，是种饱经世事的劫后悟语，于是想要拜访寺中之人。但只见到个"既聋且昏，齿落舌钝"的龙钟老僧，问他问题，老僧皆答非所问，令贾雨村很不耐烦，于是辞别出来。

这一别，贾雨村错失了悬崖勒马的机会，很有可能，那位老僧正是他要寻访的所谓"翻过筋斗来"的勘破之人，最后荣、宁二府的破败荒凉，不正如这个"门巷倾颓，墙垣剥落"的破寺映照?原来冥冥之中早有提醒,只是错过了这个被点醒悟的机会,依靠贾府咸鱼翻身的贾雨村,自枉法乱判薛蟠杀人案件后,胆子越来越大,手法越来越毒,最终走上百般钻营、贪婪狠毒的腐官之路,再也无法挽回。

上有苍穹悬日月,被黑暗的官场磨尽了最后一点读书人的气节,随着贾府的死相颓败,恩将仇报且恶贯满盈的贾雨村,最终也难逃失败于倾轧而"因嫌纱帽小,致使锁枷扛"的可悲结局。

尾声

感聚散·梦醒时分

依稀烟尘绝旧事·败芳园

黄花满地,白柳横坡。小桥通若耶之溪,曲径接天台之路。石中清流激湍,篱落飘香;树头红叶翩翩,疏林如画。西风乍紧,初罢莺啼;暖日当暄,又添蜂语。遥望东南,建几处依山之榭;纵观西北,结三间临水之轩。笙簧盈耳,别有幽情;罗绮穿林,倍添韵致。

此文出自《红楼梦》第十一回"庆寿辰宁府排寿宴,见熙凤贾瑞起淫心",是王熙凤探病秦可卿后,被贾瑞调戏之前,路过宁府会芳园所见的秋景图。

骈文如酒,字字风流,诗情画意自是蕴藏其中,细细呷品,又别具弦外之音。起笔对仗,连类而及,是满眼菊黄絮白的明丽景象,既点清了时令,又渲染出东府花柳繁华的富丽风光。所接"小桥""曲径"二句,明写芳园小桥流水、曲径通幽的幽美别致,凤姐移步换景,"一步步行来赞赏"的动感视角也为游园增添了几分灵动风情。以下"清流激湍、篱落飘香、红叶翩翩"等句,更是声、味、色俱全,涤荡五感,沁人心脾。

自"西风乍紧"起,从百草蓊蔚递转到鸣禽形声,上句写秋风频送,莺儿啼咔初歇,下句写煦日正暖,蟋蟀唧唧鸣声又起,虽已隐约透出些西陆萧瑟、叶落飘零的冷清,却又戛然而止,将王熙凤的视线再转向园中精美的建筑。遥望东南,极目西北,但见轩榭辉映、依山傍水,一座名园的豪华宽阔、布局奇巧,至此已经摹画分明了。还有笙簧盈耳、环佩叮当的锦衣男女,款款穿梭于这如画美景里,使得园内愈发热闹繁华、温柔富贵,正合凤姐那醉心尊荣、及时行乐的心怀。

然而,文中"若耶之溪"和"天台之路"两个典故牵涉风月、暗示艳情,"西风"句虽点到为止,却已传达出隐隐凉意,加上其时心怀不轨的贾瑞"猛然从假山石后走过来"的闹剧开场,这段旖旎的景色描写,却是暗含衰丧的蕴藉之笔。日后家败人散、萧索废弃的结局,其实在风景尚好的此时就已经埋下了伏线。

东府如是,为迎元妃归省而倾举族之力所营建"天上人间诸景备"的大观园亦是同样命运。不同的是,比起弥漫宁府的淫风邪气,清净女儿国的大观园,更像是方外太虚幻境在凡尘俗世的一个镜像倒影。

当日宝玉在可卿房中恍惚睡去,会面警幻仙姑前,便先闻得了这一阕缥缥纱纱的《春梦歌》。

春梦随云散,飞花逐水流。
寄言众儿女,何必觅闲愁。

正如唐人刘禹锡"眼前名利同春梦,醉里风情敌少年"的诗句,世事无常、繁华易逝,一切不过一场春梦、一片浮云,更那堪"一片飞花减却春"。如今落花堕水,恰似断梗浮萍,一任水之漂流,兜兜转转、无法自主,思来实在无趣。所以奉劝痴男怨女,不必发"门掩重关萧寺中,花落水流红,闲愁万种,无语怨东风"之类的枉叹,最好胡乱消遣一生,永不沾"情"字罢了。

然而终究不能。在通部书中,"情"字占的位置太重要,以至若离了它,便就没有了《红楼梦》,世间仅存的美好也将不复。

所以,"普天之下所有"女子,或"朝啼",或"夜怨",或"春感",或"秋悲",她们的人生大戏,早已被幻境册籍一一分拣、历历记录。更有"薄命"一司,集所有不幸于一身,是以冠绝众悲剧之上。位列其中的女子,其悲哀全由此司一副对联诉尽:

春恨秋悲皆自惹,花容月貌为谁妍。

这对联说的正是幻境化身的大观园中,以钗黛为首的正、副、又副册十二钗的命运。只是满溢着赌气味道,似乎在说反语,春恨秋悲、临风洒泪,难道真的只是她们在自寻烦恼?这言不由衷的表述,分明渗透着曹雪芹的满腔悲愤,张扬着他的暗夜呐喊,若非如此,曹公也不会呕心沥血著书更终于"泪尽而逝"了。

遍查前八十回,看不到张牙舞爪的邪恶势力,也找不到慷慨决绝的反抗宣言,一切悲剧,唯要以其平淡、自然、顺遂,才更显出厄运的无可躲避。曹雪芹高明,难以逾越。而高鹗续书,从晴雯之死接手,写的全是心碎文字,虽然欠缺灵气,却也极难得地保持了全书的悲剧样貌，只这一点，也足以不朽。

离散昔日园中女子，摧毁这一清净之所，高鹗写得决不轻松。

遥想省亲当晚，皇家仪仗、赫赫威风、门庭荣耀、盛极一时。仅不几年的工夫，元春薨逝，圣眷衰退，昔日"花淑"，旋成梦魇。

绕堤柳借三篙翠，隔岸花分一脉香。

这"沁芳"匾联，出自宝玉之手。当日大观园初建落成，宝玉随贾政并众清客游咏而得，题景贴切、用字新雅、属对工巧、构思灵动，将那"清溪泻雪、石磴穿云"的桥上小亭状摹得形神具备，美好园林如在眼前。

然而，"这路边于我成了一种恐惧，在那儿，即使开花的树也变得面目狰狞"。景随情易，印度诗人泰戈尔的这句诗，正合用在大观园聚散前后的景象对比上。

出亭过池，迤逦向北，是书中第一女主角林黛玉的住处潇湘馆。黛玉在时，它"一带粉垣"，"数楹修舍"，"凤尾森森，龙吟细细"。

宝鼎茶闲烟尚绿，幽窗棋罢指犹凉。

宝鼎炉旁煮茶，茶沸烟腾，已自缕缕泛绿；幽窗下弈棋，指拈棋子，又自丝丝生凉，千百"竿竿青欲滴，个个绿生凉"的翠竹遮映下，黛玉过着超凡脱俗、与世无争的诗意生活。但当时的记忆越美好,落败后的景象就越让人神伤。黛玉逝后,宝玉凄然再来,迎接他的是"瞬息荒凉""落叶萧萧,寒烟漠漠"的景象,唯有颓废伤感。没有了黛玉的潇湘馆,已然失了灵魂。

宝玉曾经对自己与黛玉"莫摇清碎影,好梦昼初长"的期盼,终于被现实无情击碎,命运给他安排的,是宝姐姐那样的清幽淡雅。

吟成豆蔻才犹艳,睡足荼蘼梦也香。

蘅芜苑的清新自然、不假雕饰,就在这异草芬芳、幽梦缱绻的楹联中鲜明起来了,香软冷媚、半梦半醒,这是当权者千方百计想让宝玉接受的生存状态,如此,才会有"瞒消息凤姐设奇谋""泄机关颦儿迷本性",才会有"苦绛珠魂归离恨天,病神瑛泪洒相思地"。

宝姐姐不是不好,然而千疮百孔的俗尘现实,以她的温厚冷淡,不愿意去揭示,也不愿意对抗,自也难以成为宝玉的知心人。难怪宝玉笔下的她,连同她的住处,都显得那样幽苍空洞、缺失精魂。且由这一首当年宝玉应元妃之命为蘅芜苑所题的《蘅芷清芬》来看:

蘅芜满净苑,萝薜助芬芳。
软衬三春草,柔拖一缕香。
轻烟迷曲径,冷翠滴回廊。
谁谓池塘曲,谢家幽梦长。

宝钗的情性恰似这诗中景致，虽则馥郁丰美，而憾清冷若霜，所以她也就深深隔阂于热心热肠的宝玉，不能成为宝玉为自己所居怡红院所作《怡红快绿》中愁肠百结、抑郁多情的知音女子了。

> 深庭人常静，两两出婵娟。
> 绿蜡春犹卷，红妆夜未眠。
> 凭栏垂绛袖，倚石护青烟。
> 对立东风里，主人应解怜。

这首诗化用苏轼《海棠》中的情境，以花写人，那深夜难眠的海棠、凭栏独思的倩影，不正如玉肤柔薄、绛袖寒凉的林黛玉吗？

虽然宝玉"解怜"黛玉，也和黛玉一样，担忧那难见出路的莫测将来，但该来的，终究还是破竹般凌空呼啸而来了。黛玉的早逝，给了宝玉致命的打击，然而宝玉毕竟是宝玉，他做不了自己想成为的人，也绝做不了别人要他成为的人。经历了与黛玉的死别，经历了对黛玉刻骨的思念折磨后，他选择了抛开一切。

还有什么好留恋的呢？斜阳下的每口水井，似乎都微漾着诉说金钏儿的冤屈；忽荣忽萎的芙蓉花，似乎还痴缠着要为晴雯鸣声不平；草木凋怙的紫菱洲里，那燕泥点点的棋枰，仿佛正为迎春的遭遇哀泣；潇湘馆的竹涛跌宕，正像是黛玉倾其一生探问宝玉情真几许的悲情……还有音信杳无的史湘云、被迫远嫁的贾探春，昔日园中，尚还在的，似乎唯有住在稻香村里——"新涨绿添浣葛处，好云香护采芹人"的李纨了。

可李纨的归宿,也在薄命司。等待她的,依然是黄泉路近的惨淡结局。

回首昨宵,黛玉笔下"何幸邀恩宠,宫车过往频"的"世外仙源","花招绣带,柳拂香风"的豪华院落,倾尽一切溢美之词,也只能勉强形容出些许半点风姿的大观园,自宝玉"病时出园,住在后边",一连几月不曾入园,再踏足时,已是繁花落尽、"花木枯萎,更有几处亭馆,彩色久经剥落"的一派废园凋零,直使人目不忍睹。

芙蓉影破归兰桨,菱藕香深写竹桥。

这副题于藕香榭柱上清新雅致的对联,也是宝玉所作。此时黑漆嵌蚌的字迹犹在,"林潇湘夺魁菊花诗,薛蘅芜讽和螃蟹咏"的乐景早已失了主角。这水榭曾见证过绝世的美好,就在这条小河当中敞亮的亭子里,曾由史湘云做东,用薛家的螃蟹与好酒,招待了赏花看水的人们。当日那一幅黛玉垂钓、宝钗戏鱼、湘云奉客、迎春穿花的"百美图",今日再看,竟已是纸张发黄、浸透泪水。

对今景,忆往事,试吟一句"物是人非事事休",却果然"未语泪先流"。

不如归去青埂峰·大梦醒

"悲凉之雾,遍被华林,然呼吸而领会之者,独宝玉而已。"

鲁迅先生在《中国小说史略》中,讲到《红楼梦》,讲到贾宝玉时,曾作了这样一句分析。初看到时,滑眼而过,并不甚留意,待到偶然再读,方才醒觉先生真意,非经此提醒不能走进贾宝玉的内心,更不能增进对红楼总嫌浅薄的理解。

原来,这一场红楼悲剧,非经由宝玉的眼睛断不能看出。钗黛这样灵秀女儿的毁灭,并不是到了曹雪芹写作的年代才忽然出现,而是自古以来一直都在重复上演,只是宝玉之前,并没有人将之作为悲剧来看待。如同目睹一头美丽动物的死去,当时扼腕叹息的心情是真实的,但过后便仍然如旧,从未曾想过挽救和阻止。

曹雪芹之所以伟大,正在于他能够发现和承认"闺阁中历历有人",并以一位诗人悲天悯人的心怀去感受,所以"爱博而心芳，而忧患亦日深"。女子的悲剧，各人只有一种，曹雪芹揽过所有伤痛，泪尽心碎而英年早逝———一切只为情深。

现实中的曹雪芹，心痛而亡，小说中的贾宝玉，被续书作者高鹗安排了个绝尘弃世的归宿，也算符合原作原意。想象当日，似宝黛这般理想无处安放的人物，除却死亡和遁世，可还有第三种解脱途径的存在？

曲终人散之后，举目贾府，但只见：

为官的，家业凋零；富贵的，金银散尽；有恩的，死里逃生；无情的，分明报应。欠命的，命已还；欠泪的，泪已尽。冤冤相报实非轻，分离聚合皆前定。欲知命短问前生，老来富贵也真侥幸。看破的，遁入空门；痴迷的，枉送了性命。好一似食尽鸟投林，落了个白茫茫大地真干净！

这正是红楼梦开演不久，宝玉梦游太虚幻境，众仙姬为他演奏的十二支梦曲的收尾曲目《飞鸟各投林》。不用一句一钗各各分派，只从整体上去寻味，曲文的真谛便即浮出水面——总逃不脱个分崩流散、香消玉殒的一片狼藉。至于续书里，贾门仍得"兰桂齐芳，家业复起"，是好是坏，各有自论。无论是如鲁迅所持，"茫茫白地，真成干净者矣"，还是如力挺高鹗者认为赐还爵位亦属强弩之末，并不削弱悲剧气氛的说辞，因深感悲凉而呼吸苦难的宝玉，是断难继续留在这污浊的世间了。

噫！来无迹，去无踪，青埂峰下倚古松。

欲追寻，山万重，入我门来一笑逢。

于是那一块娘胎里带来的宝玉，便就到了应该回去的时间。可笑世俗的人们，还在恨不能掘地三尺地寻找，请来神仙扶乩，推算出这神乎其神的《寻玉乩书》。究竟玉是他"命根子"的说法又有几分是真？若果然体惜他，便该与他黛玉，不然，宝玉那句冰冷绝望的"原来你们是认玉不认人"的话便并没有冤枉了谁。

失玉之后，他们终于开始感受到了危机。只从这乩语看来，通灵宝玉已去了它来的地方——青埂峰，想要寻找，除非斩断红尘，即入仙家之门——这已是在为宝玉的结局埋设伏笔。

及到第一百一十八回"惊谜语妻妾谏痴人"，宝钗、袭人一齐力劝宝玉"从此把心收一收，好好的用用功"，以便"博得一第"，谆谆急切，反倒更坚定了他弃世的决心。表面上，宝玉即立马收拾了"杂书"，准备赴考，内心里，却吟着：

内典语中无佛性，金丹法外有仙舟。

"内典"指佛经，"金丹"是道家为求升仙所炼丹丸，此处当是提炼吟句之意。宝玉决意要去佛经和仙丹之外寻找真正的"佛性"和"仙舟"，而做到这一切，显然必须要摆脱俗务缠身的尘世，他去意已决。然而以宝玉的情性，即便要走，也断不至于激烈慷慨。而离家赴考，这一读书之人"走求名利无双地"的必经之路，倒真真是"打出樊笼第一关"，成了他解脱尘缘的契机。

第一百一十九回"中乡魁宝玉却尘缘"里,宝玉话别亲人,出门即仰天长笑:"走了,走了!不用胡闹了,完了事了!"且不论高鹗令宝玉中榜后再悬崖撒手的安排是否合理,也不论众人对宝玉弃家出走的态度褒贬如何,一番掩人耳目的赴考之后,早就对林妹妹许下"你死了,我做和尚"承诺的贾宝玉,口唱歌诗,翩然离尘,从此再不复见。

> 我所居兮,青埂之峰。
> 我所游兮,鸿蒙太空。
> 谁与我游兮,吾谁与从。
> 渺渺茫茫兮,归彼大荒。

那日荒村雪野里,宝玉身披僧装,遥遥拜别。混沌尘网的贾政,面对"白茫茫一片旷野",竟不知如何理解这眼前的一切,只得无奈地相信:"宝玉是下凡历劫的,竟哄了老太太十九年!如今叫我才明白。"

果然,宝玉原本就不属于这个世界,大荒山下青埂峰,是他缘孽的起始,也是他最终的归依。

> 天外书传天外事,两番人作一番人。

这幻形入世的一番所历,终于只化作顽石上的斑斑字迹,由空空道人交付雪芹,整理成为奇书《红楼梦》。由《自题一绝》开篇:"满纸荒唐言,一把辛酸泪。都云作者痴,谁解其中味。"

再由偈诗归结收尾：

> 说到辛酸处，荒唐愈可悲。
> 由来同一梦，休笑世人痴！

虽然后诗乃高鹗所撰，略有"结末又稍振"的微瑕，但是瑕不掩瑜，高鹗的努力，使红楼不致沦为残篇断简，亦属有功。这一部荡气回肠、囊括万千的鸿篇巨制，自成书行世以来，征服了一代又一代读者。

红楼韵味，如同酒香，历经两百多年的光阴，两百多年日月交替，到如今，恰似陈年的佳酿，历经时间的发酵和涤荡，愈发鲜亮醇美，既浓且清，引人遇饮难忘、回味悠长。犹记得那言简意深的《好了歌》，并其注两首：

> 世人都晓神仙好，惟有功名忘不了！
> 古今将相在何方？荒冢一堆草没了。
> 世人都晓神仙好，只有金银忘不了！
> 终朝只恨聚无多，及到多时眼闭了。
> 世人都晓神仙好，只有姣妻忘不了！
> 君生日日说恩情，君死又随人去了。
> 世人都晓神仙好，只有儿孙忘不了！
> 痴心父母古来多，孝顺儿孙谁见了？

陋室空堂，当年笏满床；衰草枯杨，曾为歌舞场。蛛丝儿结满雕梁,绿纱今又糊在蓬窗上。说什么脂正浓、粉正香,如何两鬓又成霜?昨日黄土陇头送白骨,今宵红灯帐底卧鸳鸯。金满箱,银满箱,展眼乞丐人皆谤。正叹他人命不长,那知自己归来丧!训有方,保不定日后作强梁。择膏粱,谁承望流落在烟花巷!因嫌纱帽小,致使锁枷扛;昨怜破袄寒,今嫌紫蟒长:乱烘烘你方唱罢我登场,反认他乡是故乡。甚荒唐,到头来都是为他人作嫁衣裳!

且歌且行,且悲且喜,人生穷通,皆由这二首淡然道来。王侯显贵、功名利禄,常常不过是过眼云烟,神龟腾蛇、犹有尽时,一切都埋于荒烟衰草。红楼一梦,世事千秋,百态人间一笔尽收。任何时候捧读起来,见此微言大义,都不禁要神游漫思,牵惹起愁肠各各无数。无怪乎人说"开谈不说红楼梦,读尽诗书也枉然",也就有"纷纷说梦几痴人,请君一听鲸鱼声"。浮沉好似云频换,得意,失意,但只要念及一句"到头来都是为他人作嫁衣裳",便就得自若许多。

遇饮红楼,此生不憾。便就这一窖深杯美酿,遥与曹雪芹、高鹗静默对酌。